メディアワークス文庫

僕たちにデスゲームが必要な理由

[illegible]介

公園の遊具が、危険だからとすべて撤去された。

公園で野球をするのは、ボールが道路に出てしまうと事故の恐れがあるからと、禁止された。

公園で騒ぐのは、近隣住民から苦情が入るとの理由で、禁止された。

時間が経つほどに禁止事項は増えていった。

子どもたちは仕方がないので、公園で集まって静かに携帯ゲームで遊ぶことにした。

子どもらしくないと批判された。

子どもは子どもらしく、外で元気に遊びなさいと言われた。

どこに、その場があるというのだろう。

だから子どもたちは、公園で殺し合いを始めた。

I

「いやいや。実際に殺し合っているわけじゃないんだよ。死んでも生き返るからね」

村瀬(むらせ)幸太郎(こうたろう)がにこにこと笑いながら言った。

ほんわか笑顔が村瀬さんのデフォルト表情らしい。喋(しゃべ)り方もゆっくりしていて歌のお兄さんみたいな人だ。つい数分前に知り合ったばかりなのに、僕はもうこの人に好感を抱き始めている。高校三年生って言ってたな。僕と一年しか違わないのに、大人の余裕が感じられるのはなぜなんだろう。

村瀬さんは視線を、公園の中央に向けた。

「ほら見てみ。首を落とされた彼。復活するから」

にこやかな笑顔には似合わない、血生臭いことを言う。僕も視線を公園の中央に向けた。そこには一人の男が、血溜(ちだ)まりの中に沈んでいる。ついさっき、首を斬り落とされて負けた人だ。首の前にも右腕を斬り落とされている。なかなかグロいような、それほどグロくないような不思議な絵面だった。

胴体の二メートルほど先に右腕が、その隣に首がころろんと転がっている。

その、右腕と首が。

動画を逆再生するように、胴体に戻っていく。流れ落ちていた血液や、腕と一緒に切断された服、さらにふっ飛んだメガネまで戻っていった。

頭と腕が元通りくっつき、倒れていた男はパチリと目を開けた。それから立ち上がり、何かを確かめるように首をなでた。

完全に生き返っている。傷跡すらも見当たらない。

「ねえ、聞いてる？　水森(みずもり)くん！　水森陽向(ひなた)くん！」

横で村瀬さんが、僕のことを呼んでいた。慌てて返事をする。

「あ、はい。えっと……なんですか？」

「ね。生き返ったでしょ？」

「まあ、はい」

見たからには信じなければならない。いや、そもそも最初から信じてはいたのだ。

今から三十分ほど前。

真夜中に目を覚ましたまさにその瞬間から、僕の世界は変わった。

◇

ここ数年、感じたことのない爽やかな目覚めだった。

だから時計を確認してビビった。

午前二時十四分。

ベッドに入ってから一時間も経っていない。それなのに、この爽快感はなんだろう。

時計が故障したのかと思い、カーテンを開けてみる。凍ったように冴えた光の満月が、目に飛び込んできた。

夜空を見ているうちに、胸の奥から謎の焦燥感が湧き上がってくる。

僕は、どこかに向かわなくてはならない。

そう確信した。奇妙な確信だった。

四月の夜はまだまだ寒い。寝間着にしているジャージを脱ぎ、簡素なTシャツを着る。その上に厚手のニット、さらにウインドブレーカーを羽織り、チャックを一番上まであげる。

足音を忍ばせる必要はなかった。どれだけ騒いでも、一階で寝ている父さんと母さんは起きてこないだろう、それがわかった。今の僕は、大人たちに見つからない。そもそも父さんと母さんは最初から僕のことなんて見ていない。

靴を履き、玄関を開ける。

月明かりが眩しかった。

遠くに見える山々の輪郭が夜空と曖昧に混じり合っている。

車は一台も通らない。道の両側に立ち並ぶ民家にも、明かりはまったく点いていなかった。山の麓にある田舎町とはいえ、皆が寝静まっている、なんてことはありえない。なのに猫の鳴き声も、鳥の鳴き声もしなかった。

生気の感じられない静けさだ。

等間隔に並んでいる電柱の街路灯には、明かりがともっていた。まるで道しるべのように。この明かりの先に、自分の向かうべき場所がある。なぜか、それがわかる。

とりあえず歩くことにした。

途中で自動販売機の横を通り過ぎた。普通に飲み物を売っていた。月明かりよりも、自動販売機の光の方が安心できる気がした。温かい飲み物を買おうか迷ったけれど、財布もスマホも持ってきていなかった。

二十分くらいで、目的の場所が見えてくる。

――夜の公園だ。

敷地面積は学校の校庭よりも少し狭いくらいだろうか。無理をすればサッカーと野球がギリギリ同時にできるくらいの広さだ。遊具はない。数年前に全部撤去されてしまった。砂場もない。バイ菌が入るから危険らしい。さらにベンチもない。何もない。今では公園というよりも、ただの『空間』でしかなかった。

いや、ただの空間ならまだ良かったかもしれない。

近隣住民から苦情が入る、との理由から大声で騒ぐことも禁止されているし、野球やサッカーもやってはいけない。ボールが他の利用者に当たったり、敷地外に出てしまうと危険だからだ。ここ数年で、禁止事項がどんどん増えていた。逆に、この公園に『有る』ものと言えば、外周沿いを囲んでいる緑色の菱形フェンスだけだろう。フェンスの向こう側には民家が立ち並んでいるけど、やはりどの家も明かりは点いていなかった。

フェンス内に、足を踏み入れる。

中央に近い場所で、四十人くらいの人たちがなにやら騒いでいた。いや、騒いでいる、という表現はしっくりこない。ちょっとした笑い声だったり、ささやかな話し声だったりが重なった結果、一つの大きな渦となって、場が盛り上がっているだけのようだ。

この公園以外が静かすぎるから、相対的に騒がしく感じるのかもしれない。

そして、これだけ夜空に声が反響していても、やはり周囲の民家に明かりが点く様子はなかった。

僕は少し離れたところから、中央の集団を観察する。集まっている人の年齢層は、小学校の高学年くらいから、僕と同い年——つまり高校生くらいまでだろう。見知った顔も何人かいる。

この町——『露草町（つゆくさちょう）』には、小学校、中学校、高校が一つずつある。それぞれ露草小学校、露草中学校、露草高校というそのまんまな名前をしている。町に住んでいる人のほとんどは、エスカレーターのように町の学校を進学していく。少数の頭の良い人は電車に乗って、隣の市にある学校に行く。

だから町に住んでいる子どもたちは結構、顔見知りになる。自分の学年と、上下二年くらいは、顔だけは知っている、といった感じになる。一学年におけるクラス数は七組とそれなりに多く、全員友達とはならない。同じクラスになったことがなければ、ただの顔見知りでしかない。それに僕の人付き合いの苦手な性格も相まって、この町には、顔見知りは多くても友達は全然いなかった。

公園内を観察してみる。

隅っこに自転車が数台、停められている。ここまではわかる。

わからないのはグランドピアノや土管が置かれていたりすることだ。ひときわ目を引くのは、公園の奥に存在している螺旋階段だろうか。夜空に向かって伸びているけど、フェンスと同じくらいの高さで途切れていた。手すりがついていないし、ヒビも入っていて、今にも崩れそうだ。もちろん、昼間にこんなオブジェはない。

中央の集団以外にも、屋台で何かを売っている人がいたり、スケッチブックに絵を描いている人もいる。極めつきに、ベッドで寝ている人までいる始末だ。そしてそのすべてが、小学生から高校生くらいの子どもたちだった。

これは一体……なんなんだ？

ここに来なければならない――そんな気がして、ここまで来た。ここまで来たら、やっぱり何か不思議なことが起こっていた。大人に見つからずに来られるとわかっていた。案の定、この場所に大人はいなかった。今この瞬間、大人が起きてくることはないと確信できた。

僕は一体、どうしてしまったんだろう。

風によって木々が揺れ、枝や葉の擦れる音が鳴った。どこか雨音に似ている。木々が揺れたことで、すぐ近くにある山のシルエットも、波打つように動いた。山の動きに呼応するかのように、中央にいる四十人くらいの人たちが歓声を上げた。あそこで何かが行われている。

あの集団は、中央を取り囲むようにして円の形を作っている。僕はもう少し近づいてみた。

渦の中央で、二人の人間が殺し合っていた。

男子と女子だ。

どちらも高校生くらいの年齢に見える。

向かって右側に立つメガネをかけた男子は、右手と左手にそれぞれ日本刀を握っている。

漫画やゲームでしか見ない二刀流スタイルだ。普通の筋力ではまず扱うことなんてできない持ち方のはずだけど、その男子は丸めた紙でも振るみたいに、刀を扱っていた。平均的な男子高校生くらいの体格に見えるのに、どうなっているんだろうか。ただし傍目(はため)にも、刀を振るときに腰が入っていないのは明らかで、足の動きもどこかぎこちない。筋力があっても技術はない、そんな感じがする。服装は動きにくそうなジャケットにチノパンだった。

対する左側に立つ女子は、凛とした立ち姿をしていた。彼女も日本刀を握っている。男子とは違って基本っぽい構え方――確か中段って言うんだったか、自分の中心から相手の喉元まで刀が伸びるような構えで、隙もなさそうだ。彼女は夜なのになぜか露草高校の制服を着ていた。スカートが、風で少しだけ揺れた。寒くないんだろうか、と思う。今の季節は、エロ目線よりもまずそこを心配してしまう。

なぜ、この二人の対峙を見て殺し合いだと直感できたのか。

それは二人の纏う空気の密度があまりにも濃かったからだ。見ているだけで肌がピリピリと痛む。

二人が放っているのは本気の殺意で、お互いの殺意がぶつかり合ってできる渦が、周囲のギャラリーをあれほどまでに熱狂させているんだ。

誰かの息を呑む音が聞こえた。もしかしたら僕だったかもしれない。

その音を合図にしたのか、男子が動き、二刀をムチャクチャに振り回した。

女子はステップを踏むように、最小限の動作で相手の攻撃を躱す。完全に見切っている。

スカートの裾が翻る。

次の瞬間、軽やかだった動きが急に鋭くなり、女子が相手の懐に飛び込んだ。

ダンッ！　と力強く踏み込み、同時に刀を振るう。僕の目には見えない速度の振りだった。月明かりを反射した残光がわずかに、目の奥に残る。それによって、彼女の刀の軌跡がかろうじてわかるレベルだった。

男子の右腕が、ゆっくりと落ちる。

血しぶきが激しく飛び散る。

どこからともなく飛んできた桜の花びらが、二人の間を通り過ぎていった。

一拍してから、二人を取り囲んでいる人たちが歓声を上げた。

右腕を斬り落とされた男子は苦痛の声を上げるでもなく、残った左腕の状態を確かめるように肩をぐるぐると回した。どうやら戦いはまだ続行するらしい。

これは夢かもしれない、と思う。

後ろからいきなり、肩をぽんと叩かれた。びくっと背筋が伸びる。

「君、見ない顔だね。初めて来たの？」

振り返ると、にこにこ顔の男子が立っていた。

髪の毛がほどよくくるくるしているのは天然パーマなんだろう。彼の雰囲気とよく合っている。醸し出す雰囲気も丸い。

「はい。初めて来ました」

「そうか。あ、まずは自己紹介しなきゃだね。ぼくは村瀬幸太郎です」

先に名乗ってくれた。

確か先輩だったはず。顔は見たことがあるけれど、何年先輩なのかはわからない。それは相手にしてもそうだろう。僕のことをなんとなく見たことがあっても、どこの誰なのか、何年年下なのかはわからないはずだ。ここら辺が、微妙な田舎の面倒なところである。

「えっと、僕は水森陽向です。高校二年生です。あの、先輩……ですよね」

「うん。ぼくは高三。それに、ぼくの学年よりも年上はいないかな」

「え？」

「夜の公園に来られるのは、高校三年生までなんだよ」

この人は多分、いろいろ知っている。

「あの……村瀬さん」

「はい」

「僕は今日、ここに来たばかりなんです。いろいろ訊きたいことがあるんですけど、いいですか？」

「いいよ。そのためにぼくは、君に話しかけたんだからね。影野さんも見当たらないし」

「影野さん？」

「ああ、こっちの話」

それよりもさ、と村瀬さんは言って、視線を公園の中央に向けた。

「詳しい話は、あの戦いを最後まで見届けてからにしよう」

僕も村瀬さんの視線を追って、公園の中央を見る。

右腕を斬り落とされた男子が、裂帛（れっぱく）の雄叫（おたけ）びを上げた。残った左腕で力強く刀を握り、女子に斬りかかった。

対する女子が、刀を横に振る。ゆっくり動いたように見えたのに、僕の目では追えなかった。それだけ動きが滑らかで、なおかつ速かったんだと思う。

男子の動きが止まる。彼の持っている刀が半ばで折れて、地面に落ちる。音はしなかった。さらに。

まるで時代劇のような間をおいてから、男子の首がするりと落ちた。

残った胴体から血が噴き出し、少し遅れて地に沈む。

女子は男子の死体を一瞥（いちべつ）すると、何もないところから鞘（さや）を生み出して、刀を納めた。

血を拭わなくてもいいのかと思ったけど、鞘に納める前にはもう、刀には血がついていなかった。

情報量が多すぎる。

僕は倒れている男子の死体を指さし、口をぱくぱくさせることで村瀬さんに意思表示した。言葉が上手く出てこなかったのだ。

村瀬さんは、

「いやいや。実際に殺し合っているわけじゃないんだよ。死んでも生き返るからね」

と言った。

僕の見ている前で、斬られた男子の首が元通りにくっつき、右腕もくっつき、服もくっつき、流れ出た血も戻り、何事もなかったかのように男子は立ち上がった。何かを確かめるように首をなでている。

僕が呆然としていると、村瀬さんが「ね。生き返ったでしょ？」と言った。非現実的なことが起こっている。あり得ないことが起こっている。まずは見たものを信じなければならない、と思う。すると村瀬さんが負けた男子を見ながら、

「あいつ、まだ懲りてないな」

と言って、顔をしかめた。どうやらあの男子のことを知っているらしい。それから、

「ねえ水森くん。あの、勝った方の女子。見たことあるでしょ？」

なぜか女子の方を話題に出した。

「え？」

よくよく、その女子を見てみる。さっきは見覚えのない顔だと思った。殺気を放っていたからそう思ったのかもしれない。凛とした立ち姿に、かっちりとした制服姿。鋭く研ぎ澄まされたナイフのような眼光。可愛さよりも動きやすさを重視したような黒髪ショート。僕は、この人を知っている。

彼女は、僕の通っている高校の、有名人だ。

「阿久津冴絵……か」

「そう」

村瀬さんが頷いた。

阿久津冴絵。

女子剣道部のエース。

去年の夏の大会で、一年生ながら、個人で全国大会に出場した猛者。どの運動部も良いとこ県大会出場レベルの田舎高校で、唯一全国レベルにいる女子だ。名前の語感も相まって、女傑、女帝、悪女と恐れられている。ちなみに、彼女に悪女要素はないらしい。

ああ、いや違う。剣道部の元エースだ。

去年の夏の大会の後に、部を辞めてしまったと噂で聞いた。何があったのかはもちろん知らない。僕と彼女に接点はない。同じ学年だけど、同じクラスになったことはない。

負けた男子の方も、もう一度確認してみた。こっちはやっぱり知らない人だった。

阿久津が公園の中央から下がって、僕と村瀬さんの方に歩いてきた。人垣が自然に割れていく。もちろん僕と村瀬さんも脇によった。僕のすぐ側を、阿久津が通り過ぎていった。割れた人垣を――その中にいる僕を一瞥すらしない。まっすぐに前を向いたまま、公園の隅まで歩いていく。流れ出た血はすべて元に戻ったはずなのに、横を通った彼女からは血の匂いがした。

「名家の娘さんだね。でも田舎町の名家だ。ぼくにとっては、家が大きいという意味しかない。元は武士の家系らしいけどね」

村瀬さんが言った。

阿久津家は、この町の外れにある。敷地面積が広く、家の裏手にある山はすべて阿久津家のものだという。家自体も当然大きくて、見るからに立派な佇まいをしている。代々町長を輩出してきた家でもある。

「阿久津さんはこの『場』で一度も負けたことがない、最強なんだよ」

「最強？」

「でもここに来るってことは、彼女も悩んでいるんだと思うよ」

「これは……いったいなんなんですか？」

やっと核心を突く質問ができた。

「この公園って、禁止事項がどんどん増えているじゃん」

村瀬さんは、そういう入り方をした。

「あれをやってはいけない、これをやってはいけない。あれは危険だ。これは危険だ。子どももはうるさい──とかね。それでいて『最近の子どもは、なんでも有っていいよなあ』って言われるじゃん。息苦しいと思わない？」

「……まあ、はい。思います」

だよね、思うよねと村瀬さんは乗ってくる。

「昼間の、この公園に有るものなんてフェンスだけだ。ここはもう檻だよ」

「……檻ですか」

「もちろん危険な遊具は撤去した方がいいと思うよ。それにしたってねえ。もう全部ないじゃん。何もないじゃん。なぜかベンチまでなくなっているじゃん」

確かに。

「息苦しいのはこの公園だけじゃなくてさ。たとえば何かを発言すれば、意図しないところで揚げ足を取られたり、簡単に炎上したりする。言葉の一つ一つに毒が潜んでいる。どこでどう受け取られるかわからない。一部を抜き出されて、曲解されるかもしれない。もうね。よくわからないよ。他人が怖い」

「村瀬さんも、怖いんですか？」

「怖いよ」

平然と言い放った。

「今、この場は、そんな子どもたちだけの世界なんだ。現実の世界に馴染めない、時流に乗れない子どもたちが集まって、殺し合いをする場所なんだよ。大人に露見することはない。まあ、さっき見てもらったように、本当に殺し合っているわけじゃないけどさ。いや、本当に殺し合っているのか。殺しても生き返るというだけで」

話題がいきなり核心に入った。

いや、いきなりではないのかもしれない。

禁止事項の増える檻のような公園がある。何かを言えば、すぐに揚げ足を取られる。言葉の一部を抜き出されて曲解され、簡単に炎上する。人と喋ることが怖いと思ってしまう。そういう世の中で、だから子どもたちが公園で殺し合う。ちゃんと接続していると感じた。

「でも、なんで」

僕は村瀬さんにそう聞き返した。その『なんで』には、いろんな意味が含まれていたけれど、一つずつ言葉にすることは難しかった。でも僕は、村瀬さんに訊くまでもなく答えをわかっていた。知識としてではなく、直感として、なんとなくわかっていた。

「水森くんも、うすうすはわかっていると思う。ここに来てしまう人は、なんとなく理解しているはずだから」

見抜かれている。村瀬さんの口ぶりから、どうやらここに来る人はみんな、僕が感じているのと同じ——奇妙な確信を胸に抱いているらしい、ということがわかった。

——どうして殺し合う必要があるのか。

——そりゃあ殺し合いが必要だからだ。

答えになっていない、と自分でも思う。

同時に、これ以上の答えはない、とも思う。

混乱している僕の目の前で、先ほど負けた男子が、もう一度公園の中央に進んだ。反対方向の人垣から、一人の男の子が進み出てくる。小学生、かな。たぶん。身長は百四十センチくらいか。対面している男子と三十センチ以上の身長差がある。服装は青色のゆったりしたパジャマで、利発そうな瞳と、引き締まった口が印象的だ。

「ああ、次の対戦相手は滝本(たきもと)くんか」

村瀬さんが言った。

「滝本くん？」

「うん。滝本蒼衣(あおい)くん。小学四年生。今、この場に通っている中では最年少だ」

「対戦相手？　え？　小学生が、高校生と戦うってことですか？」

「そうだよ」

誰も止めないところを見ると、どうも年齢差や身長差、体重差は関係ないらしい。思えばさっきの戦いだって、男子の方は筋力を無視したように刀を振り回していたし、女子の方は勝った後に鞘を生み出していた。ここで行われているのは、普通の殺し合いではないのかもしれない。生き返っている時点で普通ではないいな。

「……これは、どういうルールなんですか？」

「簡単だよ。殺された方の負けだ」

シンプルだった。

「気を失っても負けだね」

村瀬さんは付け足した。さらに続ける。

「ここは不思議な空間だから。自分の好きなことやしたいこと、できること。趣味や特技とかさ。そういったものを具現化して、互いにぶつけあうんだよ」

「個性とか、アイデンティティとか、そういうことですか？」

「いや、まあね。そうなんだけどさ。個性やアイデンティティの確立と言えば聞こえは良いけど、ぼくは、そういう言葉は嫌いなんだ」

「どうして嫌いなんですか？」

「さあ、どうしてだろう。自分でもわからない。言葉にすると、わかったような気になっちゃうからかな」

僕の見ている前で、滝本くんが虚空に手をかざした。先ほどの阿久津冴絵と同じく、何もない空間から、両刃の剣を取り出す。僕はその剣に見覚えがあった。確か夕方六時からやっているアニメ『背骨道（せぼねどう）』の、主人公が持っている剣だったはずだ。子ども向けでありながら、そこかしこに禅の要素を取り入れたアニメであり、幅広い層に受けていると聞く。僕も少しだけ見たことがある。

オープニング前に『今この道は仏の背骨。頭蓋に至り夢を斬る』とかいう物騒なアバンタイトルが入ることで有名だ。そのアバンタイトルもクレームがついて差し替えられてしまった。仏の頭を斬っているように聞こえるから、という理由だったはず。

「背骨道の剣だ」

「お、水森くんも知っているんだ」

「はい。あ、いえ。知っていると言うほど、知ってはいません」

なるほど。謙虚だね、と言って村瀬さんは笑った。

「滝本くんは、あのアニメが大好きなんだよ。だから主人公の剣を生み出して、戦うんだ。あの剣に滝本くんの大事な何かがあるんだよ」

相手を殺すまでぶつからなければ、自分のことがわからない。もしかしたら個性って、そういうものかもしれない。大人が言うほど良いものじゃなくて、どこまでも破滅的で、一歩間違えれば自分も周りも死んでしまうような——そういう重たいものなのかもしれない。全然違うかもしれないけれど。

滝本くんと対峙している高校生の男子が、滝本くんとまったく同じ剣を生み出した。

「あーあ」

と村瀬さんが露骨にため息をつく。

「どうしたんですか？」

「あいつ、さっき阿久津さんとは日本刀で戦っていたじゃん」

「そうですね」

「今度は滝本くんと同じものを生み出した」

「……あ」

それは、とても嫌な感じのする事実だった。

「あいつの名前は県瞬（あがたしゅん）。水森くんは知らないかもね。中学のときから町外の進学校に通っているから。ぼくとあいつは同い年でね。家も近いんだ」

小学校までは同じでも、中学校、高校と別々なら記憶も薄れていくだろう。しかも違う学年なら尚更（なおさら）だ。

「見なよ、あいつの剣。滝本くんのと同じくらい、細部がしっかりしているだろ？」

確かに県さんの生み出した剣は、滝本くんの剣とまったく同じ見た目をしていた。

細かなパーツや細部の装飾も、ほぼ同じだ。

「県のやつ、自分の方が滝本くんよりも『背骨道』のことを知ってるって言いたいんだよ」

「でも……」

僕はもう一度、二人の剣を見比べてみる。

確かに県さんも、背骨道の剣を完璧に再現できているけれど……。

「伝わってくる熱量が、全然違う」

「でしょ？」

困ったように村瀬さんが肯定した。

滝本くんの生み出した剣は、見ているだけで湧き上がる何かがあった。彼が本当にそのアニメを好きなんだって、生み出した剣を一目見ただけでわかった。でも県さんの剣からは、何も伝わってこなかった。何がどう違うのか、言葉にはしづらい。感覚の問題だ。

「県のやつには自分がないんだ。あいつの持っている知識はすべて、他人に対してマウントを取るための道具でしかないんだよ。そういう戦い方はやめろって、ぼくはずっと言っているのに、あいつは聞く耳を持たないんだ」

村瀬さんの声音からは悔しさが滲み出ていた。

「どうせ、すぐに負けるよ」

辛辣だったけど、事実、その言葉通りの展開になった。

滝本くんの持つ剣が光って、アニメ主人公の必殺技『仏殺し』のように、県さんを左右真っ二つに、ぶった斬った。県さんの握っていた剣も、衝撃で折れた。二人の周りを囲んでいるギャラリーが沸いた。それでも野次が飛ぶようなことはなかった。

村瀬さんの顔が、歪(ゆが)む。

気を使ったわけでもないけど、僕は話題を変えるように口を開く。

「滝本くんにしても、さっきの阿久津冴絵にしても、ためらいがないですね。生き返るとわかっていても、一度は人を殺すわけですし」

「もうそこまで追い詰められているんだよ」

言葉の意味が重かった。

「水森くんはわかっていると思うけど、一応釘(くぎ)を刺しておくよ。夜の公園では躊躇(ちゅうちょ)なく殺し合う彼ら彼女らが——ぼくたちが」

他人事(ひとごと)のように言うのは違うと思ったんだろう、村瀬さんは、「ぼくたちが」と言い直す。

「昼間の、現実の世界で、簡単に人を傷つけてしまえるわけではないからね」

わかる。ここにいる人たちに僕はシンパシーを覚える。むしろ——。

「むしろその逆だよ」

村瀬さんの言葉と、僕の考えていることが一致する。

「ここに来る人たちは、他人を傷つけられないんだ。ああ、いや。他人を傷つけられない人なんていないか。意図して傷つけられないというか、う一ん。この言い方も違うな。傷つけ方がわからないというか、ぶつかり方がわからないって感じか。人を傷つけるのが怖いんだ。人とぶつかることを恐れている。そういう人たちがここに来る。水森くんだってわかるだろ？」

「わかります」

僕にとっても他人事じゃなかった。

僕もここに来てしまうくらい何かに追い詰められていた。でもその何かを上手く言葉にすることはできなかった。

「一体誰がこの場を用意したんですか？」

「わからない。ぼくも、ある日突然この公園に呼ばれたんだよ。そしてなんとなく事情を理解して、なんとなく納得して、なんとなくここにいる。誰かは知らないけど、この場を用意してくれたその人のおかげで、ぼくは生きていられる」

生きていられる、か。

僕の目の前には、体が左右真っ二つに分かれている県さんの死体がある。それを滝本くんが見下ろしている。血の匂いがする。血溜まりが広がっていく。夜の闇が澄んでいく。

「あ、もちろん痛みはないからね。この行為に痛みが付随していたら、普通にショック死しちゃうから」

村瀬さんの言い方が明るすぎて、不安になる。

「でも本当に痛みがなくていいのか、ぼくにはわからないんだ」

「どういう意味ですか？」

「ぼくは——ぼくたちは、この殺し合いを肯定してはならない。殺し合いは、殺し合いでしかない。生き返るとしても、その意味を軽く捉えてはいけない」

そんなことは当然、他の子どもたちもわかっているんだ——と村瀬さんは言う。

「でももう、これ以外の方法で自分を救うことができないんだよ。極端な方法でしか、人とのぶつかり方を学べないんだよ」

僕は振り子を思い浮かべた。ここまで極端な方法を取らざるを得ない理由は、その反対側にあると思う。ここで殺し合っている子どもたちは、現実で、人とぶつかることを極端に封じられているのかもしれない。

「ねえ、水森くん。君も、何か辛いことがあったんだろ？」

その言葉で、僕は、少しだけ吐き気がこみ上げた。

――辛いこと。

記憶が、溢れ出す。

◇

うちでは、いつも決まった時間にご飯を食べる。朝は七時。夜も七時だ。父さんは居間のソファに座り、母さんはキッチンの近くにあるダイニングテーブルにつく。お互いに背中を向け合って食べる。

もう三人が、同じ席に着くことはないのかもしれない。それならいっそのこと、食べる時間をズラせばいいのに、と思う。でもそれはしない。どれだけ空気が重かろうと、決まった時間に、一緒に食べるのだ。食事以外で、両親が一緒にいることは、もうない。もしかしたらこの行為が、かろうじて家族という関係を繋げているのかもしれない。

僕はいつも、どちらの席に着けばいいのか迷う。日替わりで、父さんの近くに座ったり、母さんの近くに座ったりしている。

どうして父さんと母さんは、そこまでして家族という形式にこだわるんだろう。

離婚したいならすればいいのに、と思っていた。

今日日、離婚なんて珍しいことじゃない。

いつからこうなってしまったのか。どうしてこうなってしまったのか。

僕はその原因を知らない。

でもいつからか――僕がおかしいと感じ始めたのは、小学校の高学年になったくらいからだった。父さんと母さんは会話をしなくなった。父さんは仕事をしている。母さんは家事をしたり、パートに出たりしている。そこに義務以上のものが生じなくなった。赤の他人が、同じ家で暮らしている。そういう感じになってしまった。

僕は、一応どちらとも交流がある。

だから僕を中継する形で、二人はコンタクトを取ろうとする。

「陽向はこう思うよな？」「陽向は思わないよね？」

うるせえな、と思う。

僕を間に挟まなくては、すでに会話をすることができない。視線すら合わせずに、背中越しでケンカをする。そんな両親だけど、ある部分では意見が一致する。

「陽向は県内の大学に行くよな」「陽向は県内で就職するよね」

二人は、僕をこの家に留め置こうとする。

理由はわかっている。

「陽向が家を出るまでは離婚しないよ」「陽向だってその方が良いよね」

父さんと母さんは、抜け駆けを許さない。

僕にも、この家族ごっこに付き合えと言っている。

家出をすればいいのかもしれない。暴れればいいのかもしれない。

でも僕は、そうすることができない。

僕が二人にとっての――あるいはこの家族にとっての『楔（くさび）』であると、わかってしまうから。僕がムチャクチャやれば、きっとこの均衡は崩れる。それは二人にとっての、もう家族ごっこはしなくてもいい、という言い訳になり得るような気がする。

首の皮一枚で繋がっている家族。

その、首の皮一枚が、僕という存在だった。

なんのことはない、僕も家族という形式にこだわっていた。

どんなに苦しかろうと、意味がなかろうと、家族という関係を壊したくなかった。

だって僕にとっての家は、ここしかないのだから。

もしかしたら父さんと母さんも、僕と同じ想（おも）いを抱いているのかもしれない。今、一緒に生きているこの家を——帰るべき場所を壊すほどのエネルギーは、二人にはもう、ないのかもしれない。現状維持を選びながら、ゆるやかに崩壊していくことを望んでいるのかもしれない。

そして、そんな生き方にはもちろん無理があった。

中学に入学したころから、なかなか眠れなくなった。急に汗をかいたり、呼吸が上手くできなくなったりした。突然吐き気に襲われてトイレに駆け込んだこともあった。毎日が漠然と不安だった。医者に診てもらった。どこにも悪いところはなかった。ストレスが原因で、自律神経が乱れているせいだと言われた。

今日の夕食のときもそうだった。

父さんと母さんが些細なことでケンカをした。僕を挟んでケンカをした。聞いているだけで吐き気がこみ上げてきた。慌てて自室に引っ込んだ。

そして——だから。夜の公園に呼ばれたんだ。

僕は今、ここに立っているんだ。

胃の中がぐるぐると回転しているのがわかる。

◇

「ああ、ごめん。今のは質問じゃないから。答えなくていいからね」

村瀬さんが、慌てた様子で言った。たぶん、僕の顔色が悪くなっていたんだと思う。我ながら弱い。辛いことを思い返した、ただそれだけで吐き気がこみ上げてくるなんて。

村瀬さんがフォローするように、

「ここに来る人たちは、みんなそうだよ。何かに追い詰められている。恥じることじゃないけど……こう、罪悪感が少しあるよね。上手く生きられない、ということが後ろめたい」

と言った。僕はその言葉を聞きながら、深呼吸した。

「わかります」

ようやく言葉を発することができた。徐々に吐き気が軽くなっていく。

二人で話していると、目の前に倒れている県さんの死体がびくっと動いた。

左右に分かれていた県さんの体がくっつき、元通り復活する。それを見届けた滝本くんが公園の中央、戦闘スペースから下がった。

復活した県さんは中央から動かなかった。まだ戦うつもりらしい。

エプロン姿の女の子が、今がチャンスとばかりに、集団の間を縫うように走っていく。どうやら飲み物を配り歩いているらしい。僕と村瀬さんの前にも来て、

「何か飲みたいものはありますか？」

と言った。僕は手を横に振って「ありがとう。でも僕はいいや」と断る。村瀬さんはブラックのコーヒーを頼んでいた。

売り子の女子は、頼まれた飲み物を生み出した。お金は取らなかった。

ブラックコーヒーを一口飲んだ後、村瀬さんは口を開いた。

「やっぱり、ぼくが生み出すコーヒーよりも美味しいや。ここには彼女みたいな役割の人もいるんだ。屋台で食べ物を売っている人とか絵を描くだけの人とか、眠りに来るだけの人もいる。戦うだけが、自分を知る道じゃないからね」

と言いながら村瀬さんはちらりと、公園の隅に置いてあるグランドピアノを見た。

それを誤魔化すように、

「メインは殺し合いだけど」

と続けた。ふと、僕は疑問に思ったことを口にする。

「殺し合いは、どういった形式で行われるんですか？」

「トーナメントや総当たり戦みたいに形式が決まっていることはないよ。今日この夜。殺し合いが必要な人たちが、自然な流れで戦っていく。強制じゃないし、予定が決まっていることもないんだ」

「……なるほど」

じゃあ中央からずっと動かない県さんは、今日この夜、それだけ殺し合いが必要ってことなんだろうか。

それを村瀬さんに訊くのは、憚(はばか)られた。

「この場に来ることができる時間だってそうだよ。何時何分って決まっているわけじゃない。そのときになれば、寝ていようが起きていようが、ここに来ることができる。あらかじめ決まっているのが嫌なんだよ」

なんとなくわかる。ここに来てからそういう感想ばかり抱いている気がする。なんとなくわかる。なんとなくシンパシーを覚える。

「こういった殺し合いは、毎日行われているんですか？」

「うん。毎日行われている。来たくなければ来なければいい。自由だ」

県さんが、ずっと中央に陣取っている。

次の対戦相手がなかなか現れず、ゆったりと時間が過ぎる。見ているだけの僕たちも手持ち無沙汰となる。必然、口数も減っていく。

ぽつぽつと何度か、たわいない会話を往復させる。

雪だるまが溶けるように、自然に会話が消えていった。

村瀬さんがブラックのコーヒーを飲み干した。そして紙のカップを不思議な力で消滅させる。そんなこともできるのか、と感心していると、

「ここでしか、できないからね」

村瀬さんが釘を刺すように言った。

「この場は夢みたいな場所だ。良いという意味ではなくて、寝ているときに見ている夢っていう意味ね。殺しても生き返る。自分が望むものを生み出せる。大人たちは起きてこない。起きてこないっていうか、今この瞬間は、存在している時間や空間が違うのかもね。たとえば今のぼくたちは、普通に自分の部屋で眠っているだけでさ。お互いの夢が、この公園という場所で重なり合っているとか」

みんなで同じ夢を見ているだけ、か。

村瀬さんはここで少し間を空けた。

「ぼくは保育士になりたいんだ」

唐突に言った。ワープのような話の飛び方だったけど、村瀬さんの中では繋がっているのかもしれない。

村瀬さんは僕と話しながらもときどき、県さんに視線を向けていた。

「でも人にものを教えるってことがどういうことか、ぼくにはわからないんだよ。綺麗事だけを教えたくないんだ。人の悪口を言ってはいけません。人に迷惑をかけてはいけません。そういう教え方は、どうもしっくりこないんだよ。この世の中には平気で他人を傷つける人がいる。そういうときに『人の悪口を言ってはいけません』なんてやっていても、サンドバッグになるだけだ」

人に迷惑をかけてはいけない。僕の父さんもよく言う。

「だいたいさ、人に迷惑をかけてはいけませんっていうのも、なんか違うよね。いや、違わないんだけど。迷惑はかけちゃ駄目なんだけど。それは大前提としてさ。それ以上の何かが必要なんだと思うんだけど……こう、上手く言えないなあ」

言いたいことは、なんとなくわかる。

「この想いを上手く言葉にすることができない。これじゃあ、子どもたちに何かを教えることなんてできない。だから」

——だから。

「ぼくはまだ、ここにいる」

村瀬さんは話し終えた後、夜空を見た。彼の瞳の中に、光るものがあると感じた。

「初対面なのに、いきなりこんな話されても困るよね」

「いえ、困らないです。教えてくれてありがとうございます。あの、僕は……」

「ん？」

「村瀬さんなら大丈夫、だと思います」

最後の方は小声になってしまった。恥ずかしい。でも絶対に伝えるべき言葉だと思った。村瀬さんは僕の言葉を受け取って、笑った。さっきまでのにこにこ顔じゃない。静かに、雪が音を吸収するみたいに笑った。

「ありがとう。ぼくも、水森くんなら大丈夫だと思う。お世辞じゃなくてね」

「ありがとうございます」

気負うことなく、自然にお礼を言えた。

言葉が途切れる。

何か、一つの話題に区切りがついたような気がする。

そのとき、県さんの前にリボルバーを持った中学生くらいの男子が進み出た。県さんもリボルバーを生み出したけど——当然と言うべきか、撃ち合いでは勝てず、額を撃ち抜かれて殺された。復活した県さんは、それでもまだ公園の中央から下がらない。県さんには今日、これだけの殺し合いが必要だったんだろうか。彼は自然の成り行きでそこに立っているんだろうか。僕がそう疑問に思っていると、

「もう終わりです。県瞬くん」

どこからともなく声が聞こえた。

いつの間にか県さんの後ろに闇が立っていた。

いつ、そこに現れたのかわからなかった。

ずっと——最初からそこに立っていた。

そう言われても頷けるくらい、その人は場に溶け込んでいた。けれど。その人はどう見ても大人だった。革靴を履いて、スーツを着て、腕時計をして、ネクタイをして、ハットまで被っている。そのハットの帯には赤いリボンがついていた。そして、どれだけ目をこらしても、その人の顔が見えなかった。見えないというよりも認識できないって感じか。底なしの暗い穴が、顔に空いているようだった。

「……影野さん」

村瀬さんが呟く。

県さんが驚愕の表情で振り返った。無意識にだろう、飛ぶようにバックステップ

をして、その人から距離を取った。謎の人はその場から動かず、

「今日はもう、やめましょう。少し頭を冷やしてください」

柔らかい声音で言った。

「嫌です。俺は勝つまでやります」

県さんが反論した。謎の人が、ゆっくりと首を横に振る。

「ここはそういう場所じゃない。君だってわかるでしょう」

「でも」

「もっと他人を信じてあげて」

その一言で、県さんの肩がガックリと落ちた。おとなしく公園の中央から引き下がる。場が静まる。言葉を発してはいけないような空気だ。その空気を壊したのは、

「おーい。影野さーん」

僕の隣に立っている村瀬さんだった。

謎の人は、どうやら影野さんというらしい。偽名かもしれない。その、影野さんがこっちを向いた、と思う。顔の向きで判断するしかない。影野さんが近づいてくる。足音が全然しない歩き方だ。僕と村瀬さんの前で立ち止まる。身長がかなり高い。百八十五センチくらいはあるだろう。

対面してみて、感じる。手を伸ばしても触れる気がしない。ブラックホールみたいな雰囲気を纏っている。同時に、温かい、とも感じた。底なしの闇は、すべてを包み込んでくれる光と同じものかもしれない。方向性が違う、というだけで。

「影野さん。こちら、新入りの水森陽向くん」

「初めまして。水森陽向です」

村瀬さんの言葉を受けて、そのまま自己紹介した。

「初めまして。影野です。この場で行われる、殺し合いのジャッジをしています」

影野さんが抑揚のあまりない、それでいて聞きやすい声音で言った。

「ジャッジ？」

僕が聞き返すと、村瀬さんが口を開いた。

「さっきぼくは、この場には子どもしかいないって言ったけど、あれは少し違うんだ。影野さんは、この場にいることを許された唯一の大人なんだよ」

「え？　でも、なんで？」

「水森くんって、質問が下手だよね」

そう言われると、そうかもしれない。

「ほら、やっぱりさ。これだけ面倒な子どもたちが集まっているわけだから、何かとあるじゃん、諍いが。そういうときに止める役割の人なんだよ」

村瀬さんの説明を引き継ぐ形で、

「はい。そういうときに止める役割の人です」

影野さんがそのまま言った。

「さらに言うなら、私はあまり子どもたちに干渉しません。できる限り存在感を消すよう、精一杯つとめています」

「新しい人が来たときに説明するのも、影野さんの役割だよね。今日は水森くんが来てもなかなか姿を現さなかったから、ぼくが勝手に説明したけど」

そうだったのか。村瀬さんは面倒見が良いのかもしれない。

「それは……」

影野さんは言い淀んだ。

「ま、いいけどさ。忙しかったんでしょ？」

村瀬さんはすぐに追及するのを止めた。聡いというか引き際が良いというか、相手を困らせたくないんだろう。

「いえ、忙しくはありませんよ」

それなのに影野さんは、村瀬さんのフォローに乗らなかった。ひどい人だ。

僕も会話に混じる。

「その顔はなんですか？」

「ここは、基本的には子どもだけの世界ですからね。私のようなものは、邪魔なんですよ。私が個性を持ちすぎると、子どもたちの反発を招きますから。私は顔のないジャッジです。なるべくシステムに同化する影でなくてはならないんです」

「なるほど。なんとなくわかります」

逆に言うなら、なんとなくでしか、わからないけれど。

「君たちは物わかりが良いので助かります」

影野さんの空気が緩む。笑ったのかもしれない。その背後に県さんが立っていた。

最初に見たときと同じ、ごつい日本刀を両手にそれぞれ持っていた。まさか、と思ったときにはもう遅かった。県さんが影野さんに斬りかかった。

一切の躊躇がない完全なる奇襲だ。

そして僕の立ち位置が問題だった。影野さんの背中に斬りかかる県さんの瞳を、真正面から見てしまった。暗い炎が燃えていた。何を燃料にしているのかわからない炎だった。

「影野さん！」

それでも僕は叫び、影野さんの肩を摑んで引き倒した。入れ替わるようにして、県さんの前に立つ。

振り下ろされた刀が目前に迫り——とっさに右手を前に出した。

鈍い金属音がした。

僕の右手の、その先に、四角い何かがあった。それがかろうじて、県さんの刀を弾いた、らしい。県さんが弾かれた勢いで数歩下がった。四角い何かは、すぐに消えてしまった。二撃目は防げない。

「ありがとうございます、水森陽向くん」

いつの間にか影野さんが、僕の前に立っていた。影野さんは、指をパチンと鳴らした。夜空が粘性を帯びるように、ドロリと落ちた。少なくとも僕の目には、そう見えた。

上から落ちてきた闇が県さんの全身を覆う。瞬く間に拘束してしまった。黒い塊の中から顔だけを出した状態で、県さんは呻いた。

影野さんは強かった。それも圧倒的に。

そして影野さんのようなジャッジが必要だということも、目の当たりにした。子どもたちだけでは、さっきの県さんを止められない気がする。強さ云々ではなくて、もっと根源的な恐怖を感じさせる何かが、県さんから溢れ出ていた。今になって体が震えてきた。

「水森くん、大丈夫？　ごめんね」

なぜか村瀬さんが、僕に謝った。それから県さんを苦々しい表情で見た。

「県……。お前、ふざけんなよ」

闇に拘束されている県さんが、村瀬さんを見返した。その瞳にはもう、暗い炎は燃えていなかった。何もなかった。光も。闇も。ただの空洞でしかなかった。

県さんは答えない。

「何か言えよ。県。頼むから。何か言ってくれよ」

聞いているこっちの胸が苦しくなるような言葉だ。

でも県さんは反応しなかった。

影野さんは、あっさりと拘束を解いた。県さんがよろよろと立ち上がる。その手にはもう、刀は握られていなかった。さっきまでは確かにあった生気もろとも、すべてを手放してしまったみたいだ。

「県瞬くん」

去ろうとする県さんを、影野さんが呼び止める。県さんが振り返った。

「明日も、待っていますからね」

「……」

県さんは何も言わないで、その場を去った。公園からも出て行ってしまった。その後ろ姿を、影野さんはずっとずっと見つめているようだった。

家に帰ってきた。

もちろん父さんと母さんに見つかることはなかった。

自室に入り、ベッドに腰を下ろす。

時計を確認する。午前五時三十六分。時間が止まっていたわけではなかった。朝日が昇り始めたので、解散となったのだ。全然寝ていないのに、頭は爽やかだった。影野さんに理由を訊いてみたところ、寝不足にはならないシステムだと言われた。システムってなんだよ。やっぱりこれ、実は夢なんじゃないかなと思った。

村瀬さんは、子どもたちの夢が重なっているだけもしれないと言っていたっけ。

ため息をつく。

ついさっきまで行われていた殺し合いのことが、頭から離れない。県さんが公園から去った後は、誰も殺し合いをしなかった。そういう空気ではなかった。みんな、ただなんとなくたむろしたり、うろうろしたり、影野さんと話したりしていた。村瀬さんは、何かを考えるように虚空を見つめていた。僕も一人でぼんやりとしながら時間を潰した。そして日の出の時刻となり、螺旋階段が崩れて、それを合図に解散となった。

今日あった出来事をまとめてみる。

夜の公園は、子どもたちが殺し合いをする場所である。

殺し合いは公園の中央、一対一で行われる。トーナメントや総当たり戦のように形式が決まっていることはない。その夜、殺し合いを必要としている人が、自然な流れで戦っていく。いや、必ずしもそうではないな。今日の県さんみたいに暴走してしまう人もいる。そういうときのために、ジャッジが一人だけいる。

ジャッジは、子どもたちの場にいることを許された唯一の大人である。それ以外の大人に露見することはない。ジャッジの顔は見えない。

自分の趣味や特技、好きなもの、できることやしたいことを探るために殺し合いをする。

年齢制限は高校三年生まで。下限は聞いていないけど、今は小学四年生が、夜の公園に通っている中では最年少だと言っていた。

死んだら負け。

気を失っても負け。

死んでも生き返る。

殺し合い以外でも、自分のことを探る方法はある。でもメインは殺し合いである。始まる時間が決まっているわけではない。そのときになれば、寝ていようが起きていようが夜の公園に行くことができる。

日の出と共に解散となる。寝不足にはならない。

こんな感じか。

まだまだわからないことがいっぱいある。

たとえば、誰があの場を用意しているのか。なぜ、ああいう場が必要なのか……はなんとなくわかる。僕のような人間には必要だ。いや、これは答えになっていないだろう。それに僕のような人間を、誰が夜の公園に導いているのか。影野さんの正体は誰なのか。そういった問いを総括する本質的な疑問。

——夜の公園とは、一体なんなのか。

結局、僕は何一つわかっていないのかもしれない。

ただ、あの場が悪いものじゃないってことだけは確信できる。

そういえば家に帰ってからスマホで夜の公園について検索してみたけど、それらしい情報は何もヒットしなかった。あの場に通っている子どもたちは、ＳＮＳなどに情報を漏らしてはいないらしい。

保育士になりたいと願う村瀬幸太郎。

相手の知識にマウントを取ろうとして負け続けた県瞬。

通っている高校の有名人、元女子剣道部エースの阿久津冴絵。

テレビアニメ『背骨道』が好きな少年、滝本蒼衣。

ジャッジであり、唯一の大人でもある影野。

他にもまだまだ、一癖も二癖もありそうな人たちがたくさんいた。

僕は今日、殺し合いをしなかった。今日は必要なかった、ということなんだろう。県さんとの衝突は、殺し合いではないと思う。もっと違う何かだ。

自分の右手を見つめる。

もしも僕が戦うとしたら、何を生み出せばいいんだろうか。どうやって戦えばいいんだろうか。

自分の好きなもの。趣味。特技。できること。したいこと――か。

たとえば滝本蒼衣くんは、自分の好きなアニメの剣を生み出した。

僕にだって、何度も何度も読み返す漫画がいくつかある。

本棚から一冊の漫画を抜き取った。

『愛と平和と夢と希望』というタイトルの本だ。

超能力を隠し持っている十代の子どもたちが、謎の存在に拉致されて、廃村に閉じ込められる。そこから出られるのは生き残った一人だけ――というストーリーで、いわゆる『デスゲームもの』と呼ばれるジャンルの漫画である。今、中高生に絶大な人気を誇っている。僕も好きだ。

殺し合いの中に切実さと繊細さが描かれていて、その絶妙なバランス感覚に引き込まれる。作者はきっと、殺し合いという極端な人間関係の中に、願いと祈りを込めているんだろうって思う。

普段だったら、殺し合いというワードからまず真っ先にこの漫画を連想する。でも夜の公園では、この漫画のことが一度も頭をよぎらなかった。

ベッドから腰を上げて、木製の学習机に向かう。小学校に入学するとき買ってもらって、そのままずっと使っている。その机の一番下の引き出しを開けた。

ルービックキューブが入っている。

触れるのは、小学六年生以来、だろうか。父さんと母さんの仲がまだ良かった頃に買ってもらったものだ。触っていると、きしきしと何かの歪む音がした。

回転させてみる。ブロックの擦れる音がする。

メチャクチャに回して、元に戻してみた。意外とパターンは覚えていた。

小学生の頃はルービックキューブが好きだった。

立体パズルも好きだけど、あれは一度解くと覚えてしまう。でもルービックキューブは回すごとにパターンが違った。解法はほとんど暗記しなくてはならないけど、飽きなかった。見た目も好きだ。あの色鮮やかな立方体は、見ているだけで楽しかった。

でも今はもう――。

そっと、ルービックキューブを引き出しの奥底に戻す。

それからもう一度ベッドに腰を下ろし、そのまま横になった。眠くはなかった。しばらくすると階下からがたがたと音が聞こえてきた。いつの間にか、外では鳥の鳴き声や車の走行音がし始めていた。さっきまでは存在していなかった雑多な生活音が、部屋の外に満ちあふれていた。

時計を確認すると、ちょうど朝の七時を指している。

部屋を出て、おそるおそる、居間に向かった。

父さんと母さんが、いた。いつものように父さんが居間のソファに、母さんがダイニングテーブルの椅子に座っていた。いつもの食事風景だ。

「おはよう」と僕が言っても返事はない。父さんと母さんは同じタイミングで喋ることを嫌うから、僕の挨拶に返事をしない。まるで作業するみたいに食事をこなす。ご飯の味がしなかった。

自分の食器を洗って、自室へと戻る。

僕は昨日の――と言ってもいいのか。日付は同じだし、数時間前の出来事だけど、面倒だから殺し合いが終了するまでを『前日』だと便宜的に決める。

その、昨日の殺し合いのことを何度も思い返した。それと呼応する形で、自分のことも考えた。

両親が生きているだけ幸福なのかもしれない。世の中にはもっと大変な人たちが山ほどいる。虐待されている子どもや、両親のいない子どもがいる。

僕は、苦しんではいけないような気がする。

苦しむ権利がないような気がする。

でも、両親が生きているだけ幸福——という言葉は、自分の人生や、自分の両親を何かよりもマシだと言っているのと同じことだった。

そういう肯定の仕方は、全方面に対して失礼だった。

どこに基準があるんだろう。どれだけ苦しかったら「苦しい」って訴えてもいいいんだろう。自分の人生を、どうやって肯定すればいいいんだろう。

僕には何もわからなかった。

II

太陽の光は暖かい。

遠くの山は霞（かすみ）がかって見えた。春は景色がぼやけている。

僕の通っている露草高校は町の中心地に建っていた。

ここでも、敷地を緑色の菱形フェンスがぐるりと囲んでいる。

昇降口と正面玄関に向かう道にだけ、桜並木が続いていた。今が満開だ。今日は風がないから、枝が揺れない。花びらもそれほど落ちてはいなかった。

なぜか昇降口前に教師が立っていた。いつもはそんなことないのに。黙って横を通り過ぎ、上履きに履き替えた。そこかしこから話し声が聞こえてくる。妙に騒がしい。歩いている生徒や教師の歩調も慌ただしく感じる。

何か、嫌な予感のする朝だ。

たぶん気のせいだろう――幽（かす）かに血の匂いが香った。

阿久津冴絵がいた。

廊下の奥から歩いてきた。阿久津の所作には無駄がない。歩き方一つとっても、鋭いと感じる。男女の区別なく、生徒みんなが、彼女の所作に目を奪われていた。彼女の魅力の本質は、畏怖なのかもしれない。鋭すぎて近づけない。目を離してしまうのは、本能的な恐怖を感じるからだ。

阿久津とすれ違う。少し緊張した。彼女は僕の方を一瞥もしなかった。僕のことを認識していなかった。それはそうだろう、昨日の殺し合いは、僕がギャラリーとして一方的に見ていただけなんだから。

そんな阿久津も、何かに追い詰められているんだろう。それがなんなのか僕は知らない。剣道部を辞めたことと、関係があるのかもしれない。

二年四組の教室につく。窓際、前から二番目の僕の席の前にはすでに、三崎大也が座っていた。

大也はくるりと回転し、椅子の背もたれに肘をついた。

無造作で、それでいて計算された立体的な髪型をしている。僕と同じ制服を着ているとは思えないほど、洗練されたシルエットだ。サイズ感や、自信のある姿勢でここまで差が出るのか、と見る度に驚く。

「おはよう。ヒナタ」

「おはよう。大也」

挨拶を交わした後、大也はおおげさに欠伸をして、それから僕の顔をまじまじと見た。

「あれ？　どうしたヒナタ。今日は顔色良いな。眠れたのか？」

「あー。まあ、うん」

眠れてはいないけど、寝不足ではない。夜の公園のおかげで久しぶりに爽やかだ。もちろん、そんなことは言えない。僕が不眠気味なのを、大也はずっと心配してくれていた。

ちなみに大也と僕は、小学校低学年からの付き合いだ。幼なじみと言える関係だけど、性格は真逆かもしれない。

「そっか。良かったな」

「ありがとう。大也は？　相変わらず寝不足？」

「そうそう。昨日は、友達と徹夜でゲームしてたんだよ」

僕とは違って、大也の寝不足は人付き合いの多さから来ている。

大也には友達が多い。

でも僕には、大也しか友達がいない。この関係性で居心地がいいと感じる。

僕はＳＮＳをやらない。面倒だからだ。スマホを持っていても、活用できている気がしない。でも大也はそうじゃない。こいつのコミュニケーション能力は有り余っているから、たくさんの人間と付き合い、分散するくらいでちょうど良いのだろう。

「ヒナタも、今度一緒にゲームやろうぜ」

「僕はいいや」

「そっか。まあ考えが変わったら言ってくれ。眠れない日があったら、付き合うからな。徹夜でもオレは大丈夫だから」

「ありがとう」

「オレがゲームしたいだけだから。それじゃあちょっと、一限が始まるまで寝るわ。昼飯になったら起こして」

「一限が始まるまでじゃないのかよ」

「おやすみ」

大也は前を向き、机に突っ伏してしまった。

大也と、そして大也の周囲にいるような人たちは、夜の公園には一人もいなかった。彼らには彼らの悩みがある。夜の公園に行くような人たちこそが高尚な悩みを抱いていて、彼らの悩みは浅い――なんてわけでは、もちろんない。

じゃあ夜の公園に行く子どもたちの悩み、あるいは悩み方とはなんだろう。

村瀬さんは、世界に馴染めない子ども、時流に乗れない子どもが、夜の公園に集まると言っていた。それってつまり、どういうことなんだろう。

僕と大也と、一体何が違うんだろう。もちろんすべてが違う――なんていう言葉遊びをしたいわけではない。

ただ一つ言えることは、夜の公園なんて行かないに越したことはない、ということだった。

寝たと思っていた大也が、急に体をがばっと起こして、もう一度振り返った。

「そういえば自殺未遂の話、知ってるか？」

「自殺未遂？」

「露草町に住んでいる高校生が――オレは知らない人なんだけどさ、町外の私立に通っている人で、昨日の夜、っつーか今朝かな。詳しい時間はわからないけど、とにかく。睡眠薬を大量に飲んで、自殺しようとしたんだって」

朝から騒がしかった理由は、これか。

「発見が早かったから助かったんだと」

「その人の名前は……」

「なんていったかな。友達が教えてくれたんだよ。ちょっと待ってろ」

大也がスマホをいじって、確認する。

「ああ、そうだ。県瞬って人だ」

「……」

一瞬、心臓の鼓動が強く跳ねた。

僕は昨日、県さんとは一言も話していない。村瀬さんの話を通してしか、県さんのことを知らない。それでも、生きていてくれた。それが嬉しかった。

村瀬さんのことが気になった。彼はこの高校の三年生のはずだ。休んでいなければ、今すぐにでも会える。でもどんな顔をして会えばいいのかわからない。ただ、村瀬さんの顔が見たかった。そんな理由で会いに行くべきじゃないと思った。

「どうした？　知り合いか？」

大也が言った。

「知り合い……じゃない。知り合いの、知り合いなんだ」

「そうか。それは、まあ、難しい立ち位置だな。自分がどういうスタンスでこの情報を受け取るべきか、きちんと整理できてるか？」

「たぶん。大丈夫」

「そっか」

それ以上、大也は余計なことを言わなかった。前を向き、今度こそ机に突っ伏して動かなくなった。

この日は一日中、窓の外を眺めて過ごした。

僕は県さんのことを何も知らない。彼が何を思い、何を信じていたのか。どうして昨日、あれほど殺し合いに——勝つことにこだわったのか。影野さんに襲いかかったのか。

負けたから自殺しようとしたんだろうか。

勝てなかったから、死のうとしたんだろうか。

それとも僕の知らないルールがまだ、あるんだろうか。

「負けたから死のうとしたんじゃない。夜の公園で何回殺されようが、昼の世界で死ぬわけじゃない。そんなルールはないからね」

村瀬さんが言った。

県さんが自殺未遂した日の、夜。

僕は再び公園を訪れていた。眠れなかったけど、午前一時四十八分に心の奥底から焦燥感が湧き上がってきて――夜の公園に呼ばれた。昨日とは違う時間だった。公園にたどり着くと、昨日とほとんど同じに見えるメンバーがすでに集まっていた。だけど、中央では、殺し合いは行われていなかった。

殺し合いをためらう妙な空気が流れている。

「こんばんは。水森くん」

村瀬さんがいた。いてくれた。昨日と同じ、にこにこ顔をしている。顔色はそんなに悪くなさそうだった。

僕が何を言うべきか迷っていると、

「あの馬鹿野郎が。死のうとしやがった。今度お見舞いに行ってやる」

村瀬さんから水を向けるように、喋ってくれた。

「水森くんには、余計な心配をさせてしまったかもしれないね。君が気に病む必要はないよ」

「僕は……あの、こんなことを言うと薄情かもしれませんが、村瀬さんのことが心配でした。県さんが生きていてくれたのはもちろん嬉しかったですけど、でも僕は、彼のことをよく知りませんから」

「ああ、そっか。なるほど。うん。それでいいと思う」

「すみません」

「なぜ謝る。謝ることじゃない。ぼくのことを心配してくれたんだろ？　ありがとう」

「いえ……」

お礼を言われるようなことはしていない。

「あ、水森くんが誤解しているといけないから、しっかり言っておくよ。県は、負けたから死のうとしたんじゃない。夜の公園で何回殺されようが、昼の世界で死ぬわけじゃない。そんなルールはないからね。たとえばライフポイントがあるとか、死ぬごとにペナルティがあるとか。そういうルールはない。ここで死んでも、昼間の世界の肉体に、なんら影響はないから」

肉体に影響はない。

「精神には？」

「もちろん影響する。ここは、自分のことを知るためにある。さっきも言ったけど勝てないから自殺するわけじゃない。勝てなくても、自分を理解した人はここをきちんと卒業していくよ。ただ、自分には何もないって理解してしまうと、やっぱり生きていくのは辛いよね」

何もない、そんな人がいるんだろうか。

何か一つくらい、自分の中にあるんじゃないのか。そう思ってしまう。ここに来る子どもたちは、それぞれ何かに追い詰められている。でもその悩みはきっと、千差万別なんだ。

僕には理解できないことで苦しんでいる人がいる。

同じように、僕の苦しみをまったく理解できない人もいるだろう。

「水森くんの来るずっと前から、県は勝てなかったんだ。というか、あいつは最初から誰にも勝てなかった。一年くらいはここにいるけど、本当に、誰にも勝てなかったんだ」

「最初からあの戦い方だったんですか？」

「そう。誰が何を言っても止めなかった。町外の私立に進んで、そこで勉強についていけなくなったんだって。だから、なのかな。わからない。あいつの心の動きはぼくにもわからない。小学生の頃は仲が良かったんだけどね」

村瀬さんはそこで、困ったような、寂しそうな顔をした。

「県は、露草中学、露草高校に進学した人たちを馬鹿にしていた。だからああいう戦い方をしていたんだ。自分は、この町の誰よりも知識を持っていると言いたかったんだろうね。そういう態度の割には、一回も勝ててないんだけど」

相手の得意な武器を真似(まね)して殺し合うスタイルなら、絶対に勝たなくてはならないと僕は思う。それなのに負け続けて、それなのに県さんはスタイルを変えなかったらしい。

「ぼくは腹が立ったよ。でもね、その悪態があいつの、精一杯のＳＯＳだったのかもしれないって、今日、思った」

気がつくのが、遅かったかもしれないけど――村瀬さんはそう付け足した。

僕は何も言えなかった。死んでないのだから遅くはなかった、と簡単に言えることじゃない。そういう気休めは毒にしかならない。

「縁というのは、不思議だよね」

「縁？」

話題が飛ぶ。

「水森くんがあと一日、ここに来るのが遅かったら。そう考えたんだ。そうしたら君は、県を見ることはなかった。ぼくも、誰かにこの話をしなかった。水森くんに話すことで、整理できている部分があるんだよ。水森くんに話さなかったら、今の気持ちを明確に意識することはなかった、かもしれない」

　わからないけどね、と村瀬さんは言う。

「ぼくは、県のSOSを察知することができなかった。助けられなかった。誰かを助けたいと願うのは、とても傲慢なことだと思う。誰かに何かを教えるという行為も、同じくらい傲慢だと思っている。だから踏ん切りがつかなかった。でももう、甘えるのは止めるよ」

　村瀬さんが、僕を真正面から見た。この人の瞳には、僕の目指すべきものがある。今しか、それを見ることはできないと感じる。

「ぼくは保育士になる」

　村瀬さんの言葉のすべてを吸収したいと思う。だからしっかりと耳を傾ける。

「昨日、水森くんに言ったよね。ぼくは、ぼくの考えていることを上手く言葉にできない。これじゃあ子どもたちに何も教えられない、って」

「言いましたね」

「上手く言う必要は、ないのかもしれない。ただ、ぼくが、ぼくのすべてを伝えたいと願う――その気持ちが大事なのかもしれない」

　僕には難しい話だった。

村瀬さんは僕の遥か先を歩いている。もしかしたら、一年以上先を。

「ここにはもう来ない。今日で卒業するよ」

そう言って、村瀬さんは歩き出した。向かう先は、どうやら公園の隅に置いてあるグランドピアノのところらしい。

保育士になりたい、か。

村瀬さんがピアノの前の椅子に座り、蓋を開けた。ワインカラーの鍵盤カバーをどかしてしばらく鍵盤を眺めていた。

「このピアノは、ぼくが生み出したんだ。ここに来る度に生み出していたけど、人前で弾くのは初めてなんだよ」

「どうしてですか？」

「単純に下手だからね。去年から習い始めたんだ。人前で弾けるレベルじゃない。それにグランドピアノとかさ、なんかおこがましいじゃん。でもピアノって言ったら、これしか思い浮かばなかったんだよ」

恥ずかしそうに村瀬さんは頭を掻いた。

「今だって死ぬほど恥ずかしい。でも、うん。やるよ。水森くんに聞いてほしいんだ」

「聞きます」

宣言する必要はなかったけど、言葉にした。

会話がなくなる。村瀬さんが指を鍵盤の上に置いた。

弾き始めた。

なんていう曲なのか、僕は知らない。

音数が少なく、かろうじて両手で、それでも所々つっかえながら弾いていた。音が夜空に響いた。自然に目を閉じた。二分くらいで演奏が終わった。

たくさんの足音が聞こえてきたので、目を開けた。今日は殺し合いが行われていない。手持ち無沙汰だった子どもたちがピアノの周りに集まってきたのだ。いつの間にか、僕の隣に影野さんが立っていた。阿久津冴絵も、滝本蒼衣くんも立っていた。村瀬さんはもう一度、最初から弾き直した。みんなが聞き入っていた。

僕はこの音を、一生忘れないだろう。

二回目の演奏が終わった。村瀬さんが、周りに立っている人を見渡して、それからもう一度ピアノに視線を向けた。

立ち上がる。

村瀬さんの周りを、たくさんの人が取り囲んだ。涙を流している人もいた。多くの人が、彼のことを慕っているのがわかった。村瀬さんは、今日でこの場を卒業する。その決意を聞いたのは僕だけだったけど、さっきのピアノを聞けば、もう彼がここに来ないとわかってしまうんだろう。だからみんな、口々にお礼を言っていた。

隣に立つ影野さんが、

「寂しくなりますね」

と言った。僕も頷く。

村瀬さんのピアノの音には未来が込められていた。

同時に僕は、県さんのことも思い返していた。

「……影野さん。僕は、未来が怖いです」

村瀬さんが何かを摑んだ。県さんが何かに押しつぶされた。

どちらの未来も、怖い。

進み続ける未来も。立ち止まってしまう未来も。

「君が、君の良さを捨てない限りは、大丈夫ですよ」

影野さんの返答は、単純な気休めではなかった。

次の日の夜。

村瀬さんは公園に来なかった。本人の言っていたとおり、もう二度と来ないんだろう。

だから平日の昼間——学校内で村瀬さんに会いに行った。あらかじめクラスは聞いていた。三年一組に顔を出し、近くにいた知らない先輩に、村瀬さんを呼んでくれるよう頼んだ。すぐに村瀬さんがやってきた。教室ではなんなので、音楽室で話そうと言われた。最近、お昼の休み時間をピアノの練習に当てているらしい。

音楽室は、普通の教室とは違って、低い段差がいくつも重なった構造をしている。村瀬さんはピアノの近くに立った。

「ちょうど良かった。水森くんには伝え忘れていたことがあるんだ」

「え？」

「夜の公園を卒業すると——卒業の定義は『自分で卒業したと決める』ことね。で、卒業すると、あの場での記憶を徐々に失っていくんだ」

「ええ!?」

「一年くらいで完全に忘れるらしい。あそこで出会った人たちのことは、昼間の、普通に起こりえる記憶に置き換わってしまうそうなんだ。水森くんとも、昼間の学校で出会ったことになるかもね」

窓の外から明るい声が聞こえてくる。校庭ではサッカーや野球をしている人がいる。お昼ご飯を早く食べて、その分長く遊んでいる。

「ほら、やっぱりさ。覚えていちゃいけないんだよ、こういうのって。でも、記憶を失っても、あそこで経験した想いは忘れないから」

「そう、ですね」

寂しいけれど……記憶を失う前と後で、その人の持っているものは何一つ変わらない、という気もする。

「しばらくは覚えているから。何か相談事があったらいつでもおいで。あと、夜の公園内にいるときは、影野さんに相談するといいよ」

「はい。ありがとうございます。あの」

「ん？」

「ピアノ、良かったです」

やっと言えた。

僕の言葉を聞いた村瀬さんは、にっこりと笑った。

「ありがとう。水森くん。いつか県にも聞いてほしい。それがぼくの夢だ」

◇

夜になると公園に向かう。そろそろこの場に慣れてくる頃合いかもしれない。でも僕はまだ、一度も殺し合ってはいなかった。村瀬さんがいなくなったことで、少し気も抜けていた。公園の隅に目が行く。かつてあそこにあったグランドピアノが、今はもう、ない。

僕はまだ、ここで何もしていない。何も見つけていない。来るも来ないも自由だと村瀬さんは言ったけど、今の僕に行かないという選択肢はなかった。

それから一週間ほど毎日通い、殺し合いを観察した。

まず、一日の対戦回数は、その日その日によって違う。

一回も殺し合わない日もあれば、十回以上殺し合う日もあった。

拳で直(じか)に殴りかかるような殺し合いは存在しなかった。

殺し合いでは、学校の備品が武器として頻繁に生み出されているような気がする。たとえばランドセルを生み出して盾にする子がいたり、学校の机や椅子をたくさん生み出して、押しつぶそうとする子がいたりした。一方で、野球をやっている子が金属バットを武器にすることはなかった。

殺し合いに際して生み出す武器は、単純に自分の好きなもの、という感じではなさそうだ。もっと複雑に絡み合った何かがある。

接近戦向きの武器を生み出す人ほど、強い傾向があるような気がする。あくまでも傾向だけど。だからここでは拳銃よりも刀の方が強い。事実、刀を生み出して殺し合う阿久津冴絵が、この場の最強だった。彼女は、僕が見ている前で一度も負けなかった。同時に、脆い刀を生み出していた県さんの切実さも、際立つようだった。

「こんばんは、水森陽向くん」

影野さんがいつの間にか、僕の横に立っていた。この人は突然現れる。

「こんばんは、影野さん」

挨拶を返す。村瀬さんがいなくなってからは、影野さんが僕の話し相手になってくれていた。

「そういえば、ここではみんなスマホをいじりませんよね」

「水森陽向くんもそうでしょうけど、ここに来る子どもはSNSをやっていません。スマートフォン自体を持っているかどうかは、まちまち、といったところでしょうか」

「どうしてですか？」

「君と同じ理由ですよ」

ズルい答え方だと思ったけど、そもそも僕の質問の仕方が悪いのかもしれなかった。

話をしている僕と影野さんの目の前で、阿久津冴絵が公園の中央に進んだ。

阿久津と対峙しているのは、中学生くらいの女子だ。黒髪ボブカットに赤いメッシュが入っている。この公園でだけしている髪型なのか、それとも普段からしているのかはわからない。服装は、丈の長いカーディガンにショートパンツを合わせている。ちょくちょく公園で見かけていた子だったけど、殺し合っているのは初めて見た。

「あの子は、志木幽さんですね。中学二年生の女の子です。絵筆を使った面白い戦い方をします。殺し合いの中で、自分の中の何かを表現しようとするんです」

「その……解説してくれるのはありがたいんですけど、個人情報とか、大丈夫なんですか？　僕に、勝手に教えてもいいんですか？」

今更ながらに訊いてみる。

「ちゃんと確認を取ってありますよ。あ、水森陽向くんのことも、この公園に通っている他の子どもたちに教えていいですか？」

「それは、別に構わないです」

殺し合いが始まる。

志木幽が動いた。彼女は、手に持っている絵筆で、虚空に黄色い線を描いた。その線が雷と化す。

一瞬の閃光と轟音。

まばゆい光が阿久津を襲った。それと同時に、阿久津の腕が動いた。僕の目には何が起こったのか捉えきれなかった。とてつもなく大きな火花が弾けた。余韻すらない一瞬の交差だった。そう、恐らく交差した。刀と雷が。目の奥に映る残像が、お互いにそういう軌跡を描いていた。

刀を横に振った状態で止まっている阿久津と。

首を斬り落とされた志木幽が立っていた。いつ、首が飛んだのかもわからなかった。首は五メートルほど先に転がっている。一拍の間をおいて、胴体が地に沈む。

おい、ちょっと待て。まさか。

「雷を斬りましたね」

影野さんが、なんてことのないように言った。名刀の逸話かよ。

「いやあ、阿久津冴絵さんは強いですねえ。彼女は去年の秋頃からこの公園に通っていますが、一度も負けたことがないんですよ」

復活した志木幽は、阿久津のことを横目でちらちらと見た。まるで盗み見るようだった。こいつマジかよ、とでも言いたげな畏怖の表情が、志木幽の顔に張り付いていた。その気持ちは痛いほどわかる。

結局、志木幽は何も言わずに公園の中央から下がった。

同じく阿久津も、中央から下がった。そしてなぜか僕の方に歩いてきた。

阿久津の顔についている返り血が、闇に溶けるようにして消えていく。彼女の手には抜き身の刀が握られている。僕の前で立ち止まって、

「……ねえ、君」

話しかけてきた。が、ここで妙な間が空いた。あれだけ鋭い剣技を放つのに、言葉の発し方は鈍かった。でも、声音は水のように澄んでいた。

「まだ一度も殺し合ってないよね」

「う、うん」

「私とやろうよ」

誘われた。刀を握ったまま言われると、拒否権がないように感じられる。普通に怖い。隣に立っている影野さんに助けを求めた。

「今がそのとき、なんでしょうかねえ」

あやふやな感じで言われた。

ふと、公園がいつも以上に静かなことに気がついた。公園の中央を囲っている四十人ほどの子どもたちが、僕を見ていた。

中央はぽっかりと空いている。

僕のために空けてくれている、らしい。

「ついてきて」

合意していないのに、阿久津は背中を向けて公園の中央に進んでしまった。人垣の割れた道が残されている。いつのまにか僕との殺し合いが、確定事項のようになっていた。逃げ場がなくなっていた。

今が、今こそが、そのとき、なのか。

実感できない。よくわからないけど、考えてみれば積極的に拒否する理由もなかったし、ここまでお膳立てされなければ動けないのも確かだった。

意を決して阿久津の後に続く。公園の中央へと足を踏み入れる。

阿久津が僕を見る。僕を、殺すべき敵として認識する。

初めて、阿久津の瞳に、僕が映ったような気がした。

阿久津は何も言わず、刀を中段に構えた。月の光が刀に反射した。光を握っている、と思った。切っ先が、僕の喉元に張り付いているようだ。息が苦しい。夜空がより暗く、空気がより重く、肌がより冷たくなる。指一本動かせない。動かしたくない。阿久津は僕が動くのを待っている。

重い空気を振り切るようにして、虚空に手をかざす。

好きなもの。趣味。特技。できること。したいこと。

胸を張って趣味だと言えるものはない。特技もない。どこから特技だと言っていいのかわからない。できることもしたいこともない。今が辛いから。今が苦しいから。未来のことなんて考えられない。未来が怖い。

それでも、確かに。

僕の中には何かがある。

かつて、何かがあった。それだけでも充分だった。

ルービックキューブを生み出す。

昔好きだった。消去法的ですらある。でも今の僕には、これがどうしても必要だった。この場で殺し合うには——阿久津に匹敵しうる可能性のあるアイテムは、これしかない。自然にそう思えた。

開始の合図はない。

僕がルービックキューブを生み出したことで、阿久津が動き出す。

僕は、生み出したルービックキューブを弾丸のように飛ばした。触らなくてもある程度、自由に動かすことができた。でも一閃で斬り落とされた。そりゃそうだ。こういう戦い方では、どうやったって阿久津には敵わない。

志木幽が、絵筆で雷を生み出したように。

ルービックキューブの——それで遊んでいた頃の思い出が必要だった。僕だけの意味づけが必要だった。もちろん阿久津は待ってくれない。もう目の前に迫っている。彼女が刀を振れば、僕にはその軌道を目で追うことすらできない。

まさに一撃必殺。

通常攻撃が必中必死の、恐るべき相手だ。

もう時間がない。僕は自分にできるありったけのルービックキューブを生み出した。考える時間がほしかった。僕と阿久津の間を、たくさんの立方体が埋め尽くす。転がっている物や宙に浮いている物、それらすべてを斬り捨てながら阿久津は進む。

駄目だ。止まらない。時間稼ぎにすらならない。

切っ先が、僕の首の皮を掠めるようにして通り過ぎた。

危機に瀕したその瞬間——頭の中にあるルービックキューブが、回転した。

やら彼女は、昼の学校も休んでいるらしかった。

最強がいなくなった場は、どこか気の抜けたような停滞感を漂わせていた。

「何言っているんですか、水森陽向くん。これからは君が最強ですよ」

僕の隣に立っている影野さんが言った。

「たった一回勝っただけで、それはないでしょう」

「阿久津冴絵さんは、偶然で勝てる相手ではありません」

「あの……最強の称号って、何か意味があるんですか？」

「さあ。私にはわかりません」

はぐらかされた。

「……阿久津が来ないのは、やっぱり僕のせい、なんでしょうか」

「そういう考え方は、阿久津冴絵さんに失礼です」

難しい。どうして失礼なのか、わからない。

「いずれにせよ、水森陽向くんは、しばらく様子見をされるでしょうねえ」

確かに、僕が殺し合いを申し込まれることはなかった。

だから影野さんと二人で、他の子どもたちの殺し合いを眺めて過ごした。絵筆で残酷な何かを表現しようとする子。リボルバーで撃ち殺そうとしてくる子。ランドセルを盾にしたり、振り回したりする子。学校の机や椅子で相手を押しつぶそうとする子。各々のスタイルは、見ているだけで重苦しい何かを訴えてくるようだった。

僕が再び阿久津と対峙したのは、金曜日の朝だった。

登校すると、昇降口前に阿久津が立っていたのだ。彼女との殺し合いから一週間が経っていた。もちろん阿久津の手に、刀は握られていない。それなのに殺気を感じるし、阿久津のいる場所だけ空気が冷たく冴えていた。

どうやら僕を待っていたようだ。

阿久津の視線が、僕を睨むように捉えた。背筋に冷たいものが走る。

「……名前」

ぼそっと言った。

「教えて」

不自然な間を置いてから言葉を続けた。「名前」だけでは伝わらないと思ったんだろう。そういえば自己紹介をまだしていなかった。殺し合いの方が先とか、順番が違う。

「水森陽向。同学年だから水森でいい」

「阿久津冴絵。です」

「知ってるよ。阿久津さんは有名人だから」

「同学年です」

「う、うん」

会話の速度が噛み合わない。

「阿久津、でいい」

「わかった。阿久津。じゃあさよなら」

「……ま」

待って――という言葉とともに、肩を摑まれた。とんでもない力だった。肩が外れるかと思った。つんのめり、なんとか体勢を立て直す。

「な、なに？」

「どうして私に勝てたの？」

「僕にもわからない」

正直に答えると、阿久津は少し考え込むように黙った。この間、たくさんの生徒が僕と阿久津の横を通り過ぎていった。足を止める人はいなかったけど、みんなが横目でちらちらと見ているのがわかった。いたたまれないから早く会話を終わらせたい。そう考えていたら、ひときわ目立つオシャレな集団が横を通り過ぎていった。大也がその中にいた。僕を見て、茶目っ気たっぷりにウインクしていった。げんなりした。

「どうして私の弱点がわかったの？」

質問が変わった。

それでも答えは同じだった。より詳しく答えることにした。

「僕にも、どうして勝てたのかわからないんだ。あのルービックキューブは、僕の意思とは無関係に動いた。阿久津の弱点を突いたのも偶然……というか。偶然は語弊があるな。ルービックキューブはわかっていて動いたんだろうし。でも僕には何もわからなかった。阿久津に勝って一番ビビったのは僕だよ」

阿久津は黙って聞いていた。ここでも少し間を置いてから、口を開いた。

「でも私に勝った。もう一度、水森と戦いたい、けど」

「けど？」

「もう一回やっても、勝てる気がしない。何回やっても勝てる気がしない。私が変わらなきゃ、展開も、結果も変わらない。でもどうやって変わればいいのかわからない」

つまり何を言いたいんだろうか。

「きっと水森のパズルに。水森の考え方に、ヒントがある」

「ヒントって、なんの？」

「私が変わるための、ヒント。殺し合ってみてわかった」

阿久津は、僕の中に自分の弱さを知る手がかりを見いだそうとしている。

「水森のことを知りたい」

「えっと」

「友達に、なってください」

阿久津には弱点がある。その弱点を克服する鍵を、僕の能力が持っている。僕の能力を理解できるのは僕だけだから、友達になってほしい——ってことなのかな。

微妙に不純な動機に思える。

「……口下手、だけど。友達になってください」

僕が黙っていると、そう付け足してきた。少し考えてから返事をする。

「友達って、そういうもんなのかな」

「え？」

「阿久津が変わるために友達になる、ってことだよね？　何かのために友達になるっていう考え方が、どうも受け入れられない」

阿久津が俯いてしまったので、慌てて言葉を付け足す。

「阿久津のことを手伝うのが嫌だってわけじゃなくて……」

誰かが困っていたら手を貸したいと思う。でも手を貸すために友達になるのは、なんか違う。友達じゃなくても手伝うし、手伝っている間に友達になるのは構わないんだけど。

ああ、我ながら面倒くさいことを言ってしまったと後悔した。でも、どうしても伝えておかないと気持ち悪かった。

「そう言われたら、厚かましいような気がしてきた。ごめんなさい。でも、上手く言えないけど、聞いて」

「上手く言う必要はないよ。ちゃんと聞く」

「ありがとう。えっとね。まずは友達にならなきゃいけないって思った。友達でもない人を手伝ってくれるわけがないって思った。だから、友達になってって頼んだ――です」

「わかった。面倒なこと言ってごめん。僕は友達じゃなくても手伝うよ。だから、うん。阿久津のことも手伝う。そして友達になろう」

「ありがとう」

こうして僕と阿久津の間に、奇妙な関係が生まれた。

「なあ、阿久津さんと何喋ってたの？」

阿久津と別れて教室に行くと、大也が僕のことを待ち構えていた。

周囲をそれとなく観察してみると、こっちを盗み見ようとしている人が何人かいた。

僕と目が合うと、急に下を見た。阿久津は有名人だから。昇降口前のあれは、完全に悪目立ちだった。

「ごめん。教えられない」

「謝るなよ。彼女か？」

「違う。彼女じゃない。でも少しだけ仲良くなった、と思う」

「ふうん。本当に彼女じゃないのか？」

大也が確認するように訊いてきた。

「違うって。そもそも釣り合っていない」

「その、釣り合うだの釣り合わないだのといった考え方はクソどーでもいいが。めんどくせえ奴がヒナタに絡んでくるのも面白くない」

阿久津は妙な人気がある。アイドル的な人気というよりも、崇拝対象といった方が近いかもしれない。僕も、変な絡まれ方をするのはごめんだった。

「ヒナタが絡まれないように、ちゃんと根回ししといてやるよ」

「ありがとう」

大也が動いてくれるなら、心配する必要はないだろう。

「もうちょい、自分に自信を持てよ」

「自信、ないわけじゃないよ。大也が友達だし。大也が認めてくれるから、僕も結構、自分のことを肯定できる。でも自分のすべてを肯定できるわけじゃない。バランスがわからないんだ」

「そういう考え方がヒナタの良いところでもあり、悪いところでもあるな。考えすぎとは言わねえよ。考えるなとも言わない。バランスかあ。バランスねえ。じゃあ、もうちょっとプラスの方に傾けてみろよ」

「やってみる。ありがとう」

放課後。阿久津は僕の教室までやってきた。この行動力はなんだよ。結局、途中まで帰り道が同じだったので一緒に帰ることにした。

まだ日は高く、空は明るい。阿久津と肩を並べて歩く。他に下校している生徒たちの、好奇の視線が痛かった。

僕も阿久津も、自分から積極的に話すタイプじゃなかった。だから一緒に帰ると言っても、必然的に沈黙が続く。会話のきっかけがわからない。学校近くの寂れた商店街を通り過ぎる。

「言葉って難しい」

阿久津が呟いてくれた。

「うん」

「水森と話したくて一緒にいるんだけど、何を話せばいいのかわからない」

「僕もわからない。困ったね」

うすうす気がついていると思うけど、と阿久津は前置きしてから、

「……突きを、打てないの」

いきなり本題に入ってきた。

話題に困ったからとはいえ、いくらなんでも直球過ぎる。僕は慌てて心の準備をした。「そ、そうなんだ」と返答しながら頭を回転させる。

突きを打てない。そこに、阿久津と夜の公園を結びつける何かがあるんだろう。

ここで阿久津は、長い時間黙った。何かを必死に考えているような沈黙だ。言いにくいことを、言おうとしているのかもしれない。少しして、

「……どうしても、その、怖くて。打たれるのは当然怖いんだけど。打つのはもっと怖い」

続きを話し始めた。だから訊く。

「でも全国大会に行けたんだろ？」

阿久津は去年の夏、女子剣道部のインターハイ個人で、全国大会に出場している。全校朝会で激励されていたから、僕も覚えていた。でもその大会の後、なぜか部活を辞めてしまった。学校中で噂されたけど、誰一人としてその理由を知らないようだった。

「一回戦で、ボロ負けした。そんなに甘くはなかった」

それはそうか。使うべき技の一つを、使っていないのだから。でもこの場合は、それでも全国大会まで行った阿久津を凄いと言うべきかもしれない。しかも一年生で。

「そのとき、凄まじい突きを打たれて。その恐怖が頭から離れなくて。いろんなことが、その、たった一度の突きで崩れてしまったような感じがする」

「…………」

「だから部活を辞めたの。お父さんは、激怒した。お母さんは、泣いた。二人とも、私に理由を訊いてはくれなかった」

「うん」

「訊かれても、上手く答えられないんだけど。でも訊いてほしかった」

阿久津は、父親に激怒されても母親に泣かれても、部活を辞めたのか。でもそれに前後して、夜の公園に通うようになった。影野さんは、阿久津が夜の公園に来るようになったのは去年の秋頃だと言っていたから、時期は一致する。

「他の部員はなんて言ったんだ？」

「辞めないでって言った。私なら……どんな悩みにも打ち勝てるよって」

「そっか」

部活仲間でもない僕が阿久津の悩みを聞くのは奇妙な感じがする。僕だけが阿久津に勝てたという理由もあるだろうけど、それ以上に、運や縁、タイミングといったものも大きいような気がする。

「……首は、斬れるのに」

怖くてシュールで、それでいて阿久津の切実さが凝縮されたような発言だった。

「ごめん。怖い発言だったかも」

「いや、うん。別にいいよ」

僕は何を言おうか迷い、結局は言葉が出てこなかった。阿久津の言葉があまりにも強烈だったからなのか、二人して押し黙ってしまった。なかなか次の話題が出てこない。

「水森は、漫画とか、読む？」

ひとしきり考えこんだ後、阿久津から話題を振ってくれた。

「読むよ」

「そっか。うちはね。読んじゃ駄目なんだ」

「どういうこと？」

「教育方針で、禁止されているの。没後五十年以上経った文豪と、ノンフィクションしか読んじゃ駄目だし、本棚に置いちゃいけないんだって」

「本棚？」

「そう。本棚。お父さんは、本棚に入っている本で、その人の教養がわかるから、漫画を入れるのは以て（もって）の外（ほか）だって、怒る」

厳しい家だ。そういえば阿久津は勉強もできると聞いたことがあった。阿久津の持っている圧倒的な殺気のせいか、運動神経の良さばかりが目立ってしまうけど、彼女は基本的に文武両道で、なんでもできる。

いや——なんでもできるように育てられたのか？

「私ね。『愛と平和と夢と希望』っていう漫画が、好きなの」

「ああ、僕も好きだよ、あの漫画」

「刀で人を殺す女の子が出てくるでしょ？」

「ヒロインのこと？」

「そう。ヒロイン。漫画、読んじゃ駄目なのに、凄く……その、その女の子に惹かれて。漫画を買った。それをね、机の、引き出しの奥底に隠しているの」

「うん」

「その漫画のことを、お父さんは知らない。私が持っているってことを、知らない。それが、その、なんというか……」

阿久津は言い淀んだけれど、言いたいことはなんとなく摑めた。

「良いと思うよ。隠し事があっても」

「……うん」

そもそも夜の公園で殺し合っていること自体が隠し事だと言える。でもあれは、感覚的には夢に近い。より現実的な秘密として、阿久津は漫画を隠し持っているんだろう。

　阿久津は夜の公園という、ある種の夢のような空間でも、そして現実でも、残虐な何かを隠し持たなければならなかった。彼女の家は厳しい。名家であり、元を辿れば武士の家系でもあるらしい。阿久津が殺し合いのときに刀を生み出すのは、単純に『愛と平和と夢と希望』のヒロインに影響を受けたから——という理由だけではなさそうだと、僕は思った。

「親に対して秘密を持つのは、自立するための第一歩だって本で読んだよ」

「そうなんだ」

と言って、阿久津は考え込むように黙ってしまった。

　今僕が聞いたことと、阿久津の中にあるいろいろな想いが、密接に結びついているようだった。でも結局のところ、他人が見ることのできる彼女の悩みの発露は『突きが怖い』というそれ一つだけだ。

　僕は一本の大木を想像した。

　数多く分裂している木の根は、地中に隠されている。原因がたくさんあっても、太い幹という結果しか見ることはできない。さらに、幹から枝分かれしている様々な結果の派生も、生い茂る葉に隠されている。

他人のことは、わかりやすい部分しか目に入らない。

阿久津も僕も、次の言葉が出てこない。

歩幅を合わせながら、並んで歩く。

遠くにある山々に視線を向けた。

冬にははっきり見えたはずの山がぼやけている。春霞だ。

阿久津が、自分の悩みの本質を、誰かに言えるときは来るんだろうか。

そのときが来たとして。でもその相手が僕じゃなくてもいい、と思った。僕は、阿久津が何かを摑むための中継地点でいい。人と人がそうやって繋がっていけば、それでいい。

「……ね、ねえ。水森の。ルービックキューブ」

「うん？」

「思い出。聞かせて」

「あー。いや。ごめん。それは言えない。僕の、あれだ。まだ解決できていない問題なんだ。だからこそ昨日の殺し合いで、僕はルービックキューブを生み出したんだよ。阿久津と同じで、僕もまだ上手く言えないんだ。ごめん」

「……言いにくいこと訊いてごめん。いつか、言えるときがくるといいね。その相手が私じゃなくても」

その言葉は、僕の胸に沁み渡るようだった。感性が似ている。それが、こんなにも嬉しいことだとは思わなかった。

自室に帰って、本棚に収まっている『愛と平和と夢と希望』の単行本をそっと抜き取った。阿久津はこの漫画を、引き出しの奥底に隠している。

『愛と平和と夢と希望』のストーリーは、大まかに要約すると次のようになる。

超能力を隠し持っている中高生が、謎の存在に拉致される。そして、不思議な力で隔離されている廃村に閉じ込められて、殺し合いを強制される。その廃村から出られるのは、生き残った一人だけ。

村の中心には崩れかけた廃校が残っていて、デスゲームのシンボルとなっている。

主人公とヒロインは、奇しくも刀にまつわる超能力を持っていた。その縁から二人はコンビを組んで、他の子どもたちを次々と殺していく。もちろん主人公とヒロインだけが異常なわけではない。他の登場人物も多かれ少なかれ、人を殺す。そういう風に強制されてしまっている。

作中の季節は夏。

舞台は田舎の廃村ということもあり、夜になると、蛍が村の中を飛び回る。

他の子どもたちに発見されるのを避けるため、登場人物は昼間に行動しなくなる。

だから夜に、星の光と蛍の光の中で、幻想的な殺し合いが幾度も行われることとなる。

漫画は週刊連載されていて、僕も毎週、追っている。展開はスピーディで、結構な頻度で主要キャラが死んでいく。そこに命の輝きを見る。

誤解を恐れずに言うならば、読んで癒やされる。

パラパラとめくっていた単行本を閉じて、本棚に戻した。

たった一人しか生き残れない——その設定に、強く惹かれる。

たとえば僕と阿久津は高校二年生だ。もう進路を考えなければならない。小さいときにはあったはずの、無限の可能性とやらが、どんどん消えていく。受験や就職、そういった人生の節々にあるイベントは、どこかデスゲームを想起させる。

可能性は数あれど、訪れる未来は一つしかない。

胸の奥にある絡まり合った悩みを言葉にしても、一つしか抜き出せない。

原因がたくさんあっても、表れてくる結果は一つしかない。

学校は独特の閉鎖空間だから、閉じ込められているような気がしてしまう。僕にとっては、家もそうだ。居心地が悪い。でも逃げ出すことはできない。村瀬さんは、何もない公園を檻のようだと言った。

閉じ込められて、脱出する。

たった一人しか生き残れない。

そこに現実と地続きな普遍性があるのかもしれない。

昼間にはデスゲームもののフィクションを読み、夜には実際に殺し合う。合間合間で家族と息の詰まる食事をする。死んでは生き返り、死ぬ話を読んでは癒やされる。

言葉は胸の奥で死んでいき、想いはあやふやなまま死のうとしている。

夢幻の殺し合いの果てに何があるのか、僕はまだ知らない。

Ⅲ

志木幽が、額をリボルバーで撃ち抜かれて死んだ。

幽の握っていた絵筆が地面に落ちて、乾いた音を立てた。

もちろん夜の公園の話だ。流れ出た血が逆再生のように戻っていき、幽は復活した。

今夜もつつがなく殺し合いが行われている。

「最近は結構、暖かくなってきたね」

と阿久津が言った。相変わらずの制服姿だ。

あれから阿久津はまた夜の公園に戻った。今日も僕の隣で、一緒に殺し合いを観戦している。

いつの間にか、五月になっていた。

葉桜がそよぐ時期である。ゴールデンウィーク真っ只中(まっただなか)だというのに、部活をしていない僕は暇を持て余していた。高校一年生のときにしていたバイトは、一時期、吐き気がひどくなって辞めてしまった。

それ以来、昼は漫画を読んで過ごし、夜は公園に通うようになっていた。

阿久津と戦って以降、殺し合いを経験していなかった。そもそも殺し合いを挑まれない。阿久津が僕の近くにいるから、誘いにくいのかもしれない。

そんな阿久津も、僕と同じように、誰とも殺し合わなくなった。

「また負けるのが、怖いから」

阿久津はそう答えた。

そんな僕と阿久津の目の前で、絵筆を使う志木幽が、リボルバー使いの男子に負けて公園の中央から下がった。そして近くにいる女の子のところに向かった。

「お姉ちゃん、撃たれちゃったよ」

「うん。見てた。描いた」

「うわ、グロい。これほんとに私の死体？」

という会話が聞こえてきた。ほのぼのしていてシュールだ。

志木幽の話し相手は、妹の志木仄(ほのか)。

体育座りをして、膝の上にスケッチブックを置いている。だぼだぼのパーカーと、幅が広めのジーパンを穿(は)いている。ゆるめの服装が好きなのかもしれない。姉と似たような髪型で、黒髪ボブカットの髪に青色のメッシュが入っていた。

以前、影野さんは「あの子は志木仄さん。中学一年生の女の子です。殺し合いの絵を描くことが、彼女にとって何よりも大切なこと、なんでしょうね。でも志木仄さんは、殺し合いそれ自体には参加しません。あくまでも絵を描くことが彼女の本質です」と言っていた。

「こんばんは。水森陽向くん。阿久津冴絵さん」

影野さんのことを考えていたからなのか、当人が現れた。僕と阿久津は「こんばんは」と挨拶を返す。影野さんは、人の名前をフルネームで呼ぶことに、今気がついた。

「志木幽さんと志木仄さんは不思議な姉妹ですね」

「不思議ですか？」

「あの二人は不登校なんですよ」

いきなり無神経なことを影野さんが言った。本人以外が言ってもいいことじゃないだろう。

「それって、他人に伝えてもいい情報なんですか？」

「この公園に来る子どもには伝えておいてほしい、と志木姉妹本人に頼まれているんですよ」

どういう意味だろう。隣に立っている阿久津を見ると、こくんと頷いた。どうやら周知の事実らしい。

「妹の、仄さんの不登校には理由がないんだって」

阿久津が補足するように言った。

「理由がない？」

「ないというか、説明できない、の方が近いかも……」

阿久津が困ったように言い淀んだので、影野さんが口を開いた。

「いじめられているわけではないんです。友達がいないわけではないんです。苦手な教師がいるわけではないんです。勉強についていけないわけではないんです。ただ、通えない。そして志木仄さんは、なぜ通えないかを自分でも説明できないんですよ」

難しい。何も言えない。

「そんな妹を理解したくて、姉の志木幽さんも不登校をしているんです。ただ母親をあまり心配させたくないからと、志木幽さんはちょくちょく学校に通っているみたいですが」

確かに不思議な姉妹だった。

でも、どちらかといえば姉の――志木幽の方が共感されにくいかもしれない。

「自分たちではそういった理由を上手く喋ることができないので、ここに来る子どもたちには、事前に私の方から軽く説明しておいてほしい、とのことです」

今の説明だけでは何一つ飲み込めていないけど、それでも、聞いただけでも意味のある話だったと思う。ここにはいろいろな子どもたちが集まっている。改めてそのことを実感した。

僕と阿久津、影野さんが話していると――一人の女子が公園の中央に進み出た。微妙にオドオドしていて、目が泳いでいる。重そうな黒髪が肩甲骨辺りまで伸びていて、前髪も少し長い。慌ただしく動いている眼球が、前髪の隙間から見え隠れしている。服装はフレアスカートにシンプルなニットを組み合わせていた。

見覚えのない子だ。

「佐藤ハイネさんですね」

影野さんが解説してくれた。

「佐藤……ハイネ？」

「佐藤ハイネさんは露草町で生まれて、露草町で育った日本人の女の子です。ご両親も日本人ですよ。つまりは、そういうことです」

歯切れの悪い言い方だった。このご時世、ハイネはキラキラネームに入るんだろうか。入らないような気もするが、この田舎町ではきついかもしれない。

その、佐藤ハイネの対面に、一人の男子が進み出た。

チャラかった。

いや、チャラいと言うと少し語弊があるか。髪の毛はパーマをかけているのか、ゆるゆるとウェーブしている。顔はとんでもなくイケメンなんだけど、どこか胡散臭(うさんくさ)い。なんだろう、目元や口元がへらっとしているからなのか。服装はパーカーにスキニーパンツという、細身のシルエット。こちらは見覚えもあるし、名前も知っていた。

愛田景(あいだけい)。

クラスは違うけど、同じ高校の二年生だ。確か、高校一年生の時に他県から転校してきた人だったはず。結構な頻度で隣にいる女子が変わるという評判の男でもあり、その特性も相まって、彼は男子から——もしかしたら女子からも、あまり好かれていないらしかった。たしか愛田と阿久津は同じクラスだったはず。

「じゃ、やりますか」

愛田が言った。肩を回してから指をポキポキと鳴らし、それからおもむろに浮いた。ふわりと軽やかに。愛田が、夜空に飛び上がった。愛田の着ているパーカーのフードが、雲のように、彼の首回りをふわふわと漂っている。

愛田は公園のすべてを見下ろして、不敵に笑った。

対する佐藤ハイネは、愛田を見上げて、見上げて、見上げて――意を決するように長い時間をかけてから、片手を虚空に伸ばした。でも何も起こさずに、上げた片手を元の位置に戻した。

何をしたいのかわからないし、浮いている愛田も困っているようだった。

ここでの殺し合いには開始の合図がない。でも、お互いの準備が整うまでは待つのが礼儀になっていた。

「お、おい。どうした。早くなんか出せよ。殺すぞ」

愛田が言う。最後の「殺すぞ」という言葉は脅しじゃなくて、攻撃するけどいいのかよ、という意味だ。

それでも佐藤は何もしない。両手をだらりと下げたまま俯いてしまった。

「おーい！　影野さん！　これ、どうすんのよ！」

上から愛田が言う。

僕の隣に立っていたはずの影野さんが、いつの間にか公園の中央にいた。佐藤の背中に手を当てている。いたわっているように見えた。

「ジャッジの権限で、この殺し合いを止めます。勝者は愛田景くんです」

「何もしてねえ」

浮かびながら愛田がぼそりと言った。佐藤の肩がびくっと動いた。影野さんに先導される形で、佐藤は公園の中央から下がり、そしてなぜか僕の隣に歩いてきた。そのまま影野さんと阿久津、僕に佐藤と、四人で並んで立った。

公園の中央には愛田が浮いたまま居座っている。

「おーい。誰でもいいや。誰かやろうぜ」

愛田が言い、その言葉を受けてなのか、志木幽に勝ったリボルバーの少年が公園の中央に進み出た。この二人の新たな殺し合いが始まろうとしているが、それよりも僕は、隣で何も言わずに立っている佐藤のことが気になっていた。ちらちらと横目で盗み見ていると、急に佐藤は顔を上げた。目が合う。

「あ、水森先輩だ」

「はじめまして。水森陽向です」

「阿久津先輩に勝った人ですよね。生み出したのがルービックキューブって、もうその時点で強キャラ感が半端ないですね」

当の阿久津が隣にいるのに、佐藤はそう言った。

「阿久津先輩もこんばんは」

「……こんばんは」

佐藤は、阿久津と挨拶をかわした。それからもう一度僕の方に向き直って、

「初めまして。佐藤ハイネです。中学三年生です。名前はカタカナですけど、日本人です。キラキラネームですよね」

すらすらと自虐してみせた。これまで自己紹介の度に、からかわれてきたのかもしれない。最初に自分の名前を悪し様に言うことが、佐藤の防衛手段なのかもしれない。

「僕は佐藤さんって呼べばいいかな？」

「佐藤でいいです。あと、下の名前を呼んでもいいのは影野さんだけですから」

「そうか。よろしく。佐藤」

「この田舎で、ハイネですよハイネ。水森先輩はどう思いますか？」

怖い質問が来た。どう答えるべきなのか迷う。

ちょうど目の前で、愛田とリボルバー少年の殺し合いが始まった。愛田が撃たれて死んだ。殺し合いは数秒で終わった。

「だいたいハイネって、男の名前っぽいですよね」

「えっと……」

「水森先輩は『趣味　おすすめ』でググるような女の子をどう思いますか？」

どう思うって……趣味って、そうやって見つけるものだったっけ。素直に答えるな

ら「信じられない」になるけど。

「県瞬って先輩、いたじゃないですか。水森先輩が来たとき、まだいました？」

佐藤は質問していながら、僕の返答を聞くことなく話を進める。

そして県さんのことが話題に上った。

「いたよ。僕は県さんの殺し合いを見た」

県さんは退院したと村瀬さんから聞いた。あれから夜の公園に来ていない。でも卒業したわけではないだろう。たぶん。

「そうですか。なら、わかると思う。あの人、自分ってものを持っていなかったんですよ。だから自殺しようとしたんですよ。わたしもおんなじなんです。県先輩とはちょっと違いますけど……でも、わたしも何も生み出せなかったんです。県先輩よりひどいかもしれない。だってわたしには、マウントを取るための知識すらないんだから」

何も生み出せない——それが佐藤の悩みなのか。

マウントを取るための知識すらない。そういう言葉の使い方が、佐藤の悩みの深度を物語っている気がした。

「わたしも、県先輩のようになってしまう気がします」

「佐藤ハイネさんと、県瞬くんは違います」

今まで、ずっと黙って聞いていた影野さんが口を開いた。

「二人は違う人間です。もちろん、どちらが良い悪い、ということではありません。ただ、自分の行く末を県瞬くんに重ねても無意味です」

相変わらず手厳しいことを言う。

「無意味ですか？　本当に？」

佐藤が納得のいっていない顔をした。さらにこのタイミングで、リボルバー少年に負けた愛田が公園の中央から引き下がり、なぜか僕たちの方に向かって歩いてきた。

「お？　なになに。口論してんの？　っていうかさっきのはなんだよ」

愛田が、会話を遮って佐藤に話しかけた。

「ああいう勝ち方をしても嬉しくねえよ。なんか出せよ。本気を。本気を出せよ」

佐藤は何も言えずに、唇を噛みしめた。そして俯いてしまう。佐藤の前髪が、目を隠してしまった。

「わ……わたしは。何も」

「何も？」

「何も生み出せないんです。わたしの中には、何もない」

「そんな奴がいるかよ」

愛田が厳しい口調で言った。

「いるんだよ！　ここに！」

「そ、そうか。じゃあ仕方ないか」

佐藤が強めの口調で反論すると、愛田はすぐにたじろいだ。それからなぜか僕に向かって、

「なあ、それじゃあ仕方ないよな？　えっと、お前は誰だよ」

と言った。話題を逸らすのが下手な奴だ。

「水森陽向です」

「そうか。俺は愛田景。って、あれ？　待てよ？　水森陽向？　阿久津に勝った奴か」

「そうだよ。私に勝った人だよ」

なぜか阿久津が返事をした。

「そうか。お前が。俺、そのときたまたま公園にいなかったんだよな。だからお前と阿久津の殺し合いを見てねえんだよ。見た奴に聞いても要領を得ないし、何が起こったんだ？」

「偶然勝てたんだよ」

僕が言うと。

「……偶然じゃない」「偶然じゃないです」

阿久津と佐藤に、同時に否定された。

愛田が物凄くたじろいだ。その陰に隠れて、僕もびくっとした。

「ずいぶんと信頼されているみたいじゃねえか。まさかこの場で阿久津に勝てる奴がいるとは思わなかったぜ。なあ、阿久津」

愛田は阿久津に話を振ったけど、阿久津は特に反応を示さなかった。

「いや、いるか。阿久津に勝てる奴くらいいるか。いるよな」

愛田はすぐに日和（ひよ）った。

「まあ、どうでもいいや。俺は帰る。またな」

そして公園から出て行ってしまった。騒がしい男だったけど、その背中は、どこか自信がなさそうに見えた。

◇

五月ももう半ばを過ぎた。

昼夜の寒暖差が激しくなって、着る物に気を使う季節だ。

相変わらず僕は、殺し合いを申し込まれない。僕が公園の中央に足を進めればまた事情は違うんだろうけど、その気にはなれなかった。

阿久津も殺し合うことをしない。そんな阿久津と、学校でも夜の公園でもよく話した。そのせいか学校では奇異の目で見られることが多くなった。でも大也が根回ししてくれたおかげなんだろう、「阿久津さんとどういう関係？」と問われることはなかった。


水を張っている田んぼに白い鳥が舞い降りた。

「鶴だ」

思わず呟くと、

「鷺（さぎ）だよ」

阿久津に訂正された。

放課後。まだまだぎこちないけど、阿久津との会話のテンポに慣れてきた。周囲の田んぼには青空が反射している。水鏡だ。今歩いているこの道が、まるで青空の真ん中を斬るようにして伸びている。

「どうして私たちは、自分の悩みを上手く喋ることができないんだろう」

「言葉にするとわかったような気になってしまう。村瀬さんはそう言っていたよ」

でも彼は、自分が何に悩んでいるのか、しっかりと言葉にして夜の公園を卒業していった。そうしなければ卒業できなかった。

阿久津はずっと鷺を見ている。

「自分の悩みを言葉にすることが、卒業の条件ってことなのかな」

「僕にはまだわからない……けど。言葉にしなくちゃ答えを出せない」

たとえば僕の悩みを、両親が不仲だから苦しいって言葉にしたら、何かが違う。

阿久津が突きを打てないのを「トラウマ」という言葉にしてしまうのも、乱暴な気がする。

そういえば夜の公園には名前がついていない。さらに、殺し合いにも特別な名称が付与されていない。公園は公園で、殺し合いは殺し合いでしかなかった。自分の悩みを上手く言葉にできない僕たちにとって、これほど最適な場所はないのかもしれない。

「もっともっと強くなれば、答えを出せるのかな」

「……」

阿久津の言う強さってなんだろう。

鷺が飛び立ち、山の向こうへと消えた。

◇

夜の公園に通うようになってから、眠れてはいないけど寝不足の気怠さは解消された。そのおかげか、吐き気の頻度も少し減ってきたような気がする。

今日は休日だから、久しぶりに出かけようかな。

着替えて一階に下りると、居間で父さんがテレビを見ていた。今の時間、母さんは、隣村の大型デパートで働いている。二人とも家にいるときは、どちらも自室から出てこない。

「陽向。お前、『愛と平和と夢と希望』っていう漫画、知ってるか？」

父さんに声をかけられた。それも漫画のことで。

「知ってるけど」

「お前も読んでるのか？」

「読んでるけど」

「今、テレビで紹介してたんだよ。十代に人気だってな。えらく残酷らしいじゃないか」

父さんの視線は依然、テレビに向けられたままだ。

「もうすぐ中間テストだろ。成績が下がらないなら、何を読んでも自由だがな」

本当は、そう思っていないだろ。

口調から不満なのが伝わってくる。

「父さんも一度、読んでみればいい。残酷なだけの漫画じゃないんだ。あれには生きる上でとても大切な――」

「俺はいい。興味ない」

被せるように返された。叩きつぶされた。露骨にテレビの音量まで上げられた。これ以上喋るなという意味だった。反論なんてしなければよかった。わかってもらおうなんて甘かった。それでも僕は反論せずにはいられなかった。

「こっちを向いて喋れよ。僕の方を――」

「生きるとか死ぬとかそういうの、俺も若い頃はよく考えたよ。でもそれは恥ずかしいことだからな。早めに卒業しろよ」

「おい、待てよ。僕がどういう想いで――」

「反抗期はいろいろと大変だけどな。人に迷惑をかけるなよ」

僕がこれから何を言おうが、それを「反抗期」という言葉でひとまとめにして、逃げるつもりなのがわかった。

父さんは最後まで僕の方を見なかった。

僕はそれ以上何も言わずに階段を上った。自室に戻って、ベッドに腰を下ろした。胃の中がぐるぐると回転している。吐き気の頻度が減ったと喜んでいたら、これだ。しばらく横になって呼吸を整えた。

行く当てはないけど、とりあえず外に出たかった。

太陽の光を感じて、思う。

そうだ。公園に行ってみよう。夜の公園に行くようになってから――いや、そのずっと前から、昼間の公園に行かなくなっていた。

歩きながら、父さんとの会話を思い返す。

——生きるとか死ぬとか。

そういうことに関連する問いが、思春期にありがちだなんてことはわかっている。だからって、それを類型化して無意味だと決めつけていい理由にはならないはずだ。

僕が今悩んでいることが反抗期だからなのか、それとももっと別の理由からなのかは、今の僕には判別できない。きっと、十年後とかに振り返って、初めてわかることだと思う。だからこそ「反抗期だから」という言葉にされてしまったら、もう何も言えなくなってしまう。

だいたい、それを当の親が言うのはおかしいだろって思う。

世の中には、言っただけで相手を封殺できる魔法の言葉がたくさんあった。でも、そういう類いの言葉はズルいと父さんに伝えても、たぶん理解してくれない。お前は間違っているんだと、真正面から潰しにかかってくるならそれでもいい。僕は立ち向かうことができる。

でも父さんも、そして母さんも背中を向ける。潰しにかかってきながら、僕が反論しようとすると、巧みに逃げる。それが嫌だった。

公園にたどり着く。

やっぱり、緑色の菱形フェンスの中には何もなかった。

◇

五月の下旬に入り、中間テストが始まった。

休み時間は大也とよく話した。

「日本語もままならないのに、英語の勉強かあ。身が入らねえなあ」

大也が言った。さっきまで開いていた英単語帳を閉じている。完全に、がっつり私語に興じる体勢だった。周囲では次の英語のテストに向けて、友達同士で問題を出し合ったりしているのに、僕たちは会話に注力していた。

「英語も大事だよ」

それでいて大也は成績が良い。僕はいつも平均点くらいだ。

「まあな。大事だけどな。そういや最近、家出したんだけど」

「え？　どこに？」

「一人暮らししてる友達の家。あ、今度ヒナタの家にも、泊まりに行っていいか？」

「あー、いや。最近はちょっと無理かな」

「そっか」

大也は無理な理由を訊いてこない。その距離感がありがたい。

「ヒナタって、家出したことあるか？」

「ない」

しようと思ったこともない。

「親に対して死ぬほど腹が立ったときは、どうしてるんだ？」

「どうもしないけど」

「あんまり不満をため込むなよ。親はでけえ。こっちがガチでぶつかれば、ちゃんと受け止めてくれるさ」

「家出をした奴が言うセリフかよ」

僕が言うと、大也は「確かに」と肯定してから笑った。

「まあ家出って言ってもガチのじゃないしな。今のご時世、親に無断で外泊するわけにもいかねえし。捜索願とか出されちまう。だからまあ、ケンカの一環みたいなもんだよ。お互いに頭冷やして、帰ってからラウンド2って感じ。わかってくれるまで何度でもぶつかりゃいい」

最後に父さんとケンカしたのって、いつだったっけ。そもそもケンカしたことってあったかな。思い出せない。

「なんだかんだで、親は受け止めてくれる」

「背中を向けているのに、どうやって受け止めるんだ？」

「背中？」

大也が本気でわからないという顔をした。

「いや、ごめん。なんでもない」

余計なことを言った。

チャイムが鳴る。大也は何かを言おうとしたけど、でも結局は何も言わないで前を向いた。英語のテストが始まった。

◇

夜の公園に、大仏が鎮座していた。

テスト期間でも、普通に殺し合いが行われている。とはいっても、来ている子どもの数は少ない。中学校も同じく中間テスト期間だ。

つまり小学生がメインで殺し合っている。

ここに通っている中での最年少——青いパジャマ姿の滝本蒼衣くんが連戦連勝して

いた。彼はどこか浮き世離れしていて、近づきがたい。今日のように、来ている子どもの数が少ないときは大仏を生み出して、その手のひらの上に座っていたりする。二メートルほどしかないミニ大仏だけど。

とにかく滝本くんは強い。阿久津に匹敵するくらい強いかもしれないと、彼の殺し合いを見ていて思った。

「おっはよー！　水森先輩！　あ、違った。こんばんは！」

公園の中央を眺めていると、背後から突然話しかけられた。

振り返ると、絵筆の能力を使う女の子――志木幽が立っていた。彼女の一歩後ろには、妹の志木仄が、姉の陰に隠れるようにしておずおずとこちらの様子を窺（うかが）っている。仄はスケッチブックを両手で抱えていた。

影野さんから聞いた情報が脳裏をよぎる。

「ねえ水森先輩。水森先輩は絵本って好きですか？」

幽が言った。

「あ、自己紹介がまだだった。志木幽です。で、こっちが妹の仄。呼び捨てでいいですよ」

慌ただしい女の子だ。

志木幽の髪には赤いメッシュが、志木仄の髪には青いメッシュが入っている。派手だ。目を引く。僕の視線が髪の毛に行っていたからだろう、幽の方がニヤリと笑った。

「この髪色、気になりますか？」

「そりゃ、まあ」

「どうしてこの髪色にしているのか知りたいですか？」

「教えてくれるのなら」

「秘密でーす」

そうか。秘密なら仕方ないな。

「僕も自己紹介をした方がいいか？」

「いえいえ。しなくていいですよ。水森先輩は今や有名人ですからね。くっそどうでもいいプロフィールだけ喋るつもりなら、いりません」

ねえ、それよりも絵本は好きなんですか？　と急かすように幽が言った。

「小さいときは好きだったよ」

「みんなそう言うし」

気に入らない答えだったらしい。幽は唇を尖らせた。そして続ける。

「私、初めて『三びきのやぎのがらがらどん』を読んだとき、衝撃を受けたんですよ。

知恵とか勇気とかそういうのじゃなくて、純粋な力で問題を解決する絵本って、初めてだったんです」

　確かに、そういう話だった。僕も覚えている。

「でも私が通っていた保育園の保育士の人は『三びきのやぎのがらがらどん』を嫌いだって言ってたんですよ。教育上、良くないって」

「ああ、なるほど」

「なーんか、嫌な感じですよねぇ。教育的すぎて息が詰まるっていうか。道徳的すぎてウザいっていうか。でもこういうこと言うと、ママとか先生とかにめっちゃ怒られるんですよ。もうさあ、やってらんねーよ。あれですよ、あれ。もうね、あれです」

　幽の語彙が、言いたいことに届かない。見かねたのか灰の方が、

「だからわたしたちは殺し合いの絵を描くの」

　強引にまとめてしまった。

「そう、それ」

　と、幽が遅れて頷いた。

　だから、だからという接続詞が重要だった。

　彼女たちが、自分の心と何を接続しようとしているのか解く鍵は、そこにあった。

思い返せば初めて夜の公園に来たときからそうだった。

——禁止事項の増える檻のような公園がある。何かを言えば、すぐに揚げ足を取られる。言葉の一部を抜き出されて曲解され、簡単に炎上する。人と喋ることが怖いと思ってしまう。そういう世の中で、だから子どもたちが公園で殺し合う。

僕はこの文章を、きちんと接続していると感じた。

「お腹へった。なんか食べたい」

仄がそう言って、幽の袖をくいくいと引っ張った。

「そっか。じゃあ、そういうわけで、私たちは屋台の方に行きます。水森先輩もどうですか？　一杯やりませんか？」

「サラリーマンかよ」

「とりあえず生。生クリームのせココア！」

「僕はいいや」

味、わからないし。

「そうですか。それじゃあまたね」「ばいばい」

幽と灰は屋台の方に去っていく。独特な感性を持つ二人だった。幽はテンションが高いようでいて、人のパーソナルスペースに踏み込んでこない。灰は無口だけど、きちんとこちらの話に耳を傾けているのがわかった。

改めて公園内を見回していると、影野さんがにゅるんと姿を現した。

「こんばんは」

お互いに挨拶をする。それから僕は口を開いた。

「今日は人数が少ないですね」

「来ていない子どもたちは、家でテスト勉強をしているんでしょう。ここでの殺し合いの間も、時間が止まっているわけではありませんからね。普通に時は流れていきます。テスト期間中でもしっかり睡眠を取るタイプはここに来て殺し合うでしょうし、一夜漬けするタイプは勉強しているんでしょう」

「でもこの公園に呼ばれている子どもたちは、寝不足にはならない――ですよね。それって、ちょっとズルくないですか？」

やるかやらないかは別として、二十四時間ベストコンディションで勉強できてしまう。ある意味で無間地獄とも言える。

ああ、大丈夫ですよ、と影野さんが答える。

「実際にここに来なければ『寝不足にはならない』というシステムは適応されませんから。みんな同じ条件下で勉強しています」

それなら夜の公園内で勉強すればいいんじゃないかと思ったけど、さすがにそういう子どもはいないようだ。

阿久津も今日はいない。彼女が一夜漬けするタイプとは思えなかったけど、そこまで詳しく知っている関係でもない。

屋台の方向から、クレープを手に持った女の子が近づいてきた。佐藤だ。

「こんばんは、影野さん。水森先輩」

「こんばんは。佐藤ハイネさん」「こんばんは佐藤」

影野さんと僕が挨拶を返す。

「今日は阿久津先輩、来てないですね」

佐藤と会話をするのは二回目だ。今日は人が少ないからなのか、幽、仄といい、普段あまり接する機会のない人と話せる。

「そうだね。来ていない」

「いろいろ大変らしいですね」

「大変？」

「名家の、お嬢様ですから。教育が厳しいんですって」

本棚に漫画を入れてはいけないくらい厳しいことは知っている。

佐藤はクレープを食べ終えてから、話を再開させた。

「名家っていうのが何を指すのか、よくわかりませんけど……由緒が正しいってことなんですかね。阿久津先輩のお祖父さんは町長をやっていましたし、お父さんは役場でも上の立場の人ですよね」

小学校の卒業式で、阿久津の祖父が祝辞を述べていたのを思い出した。

「そういえばこの町の町議会議員って、定員割れを起こしているそうですよ」

おじいちゃんが言ってました、と佐藤が続ける。

「平成の大合併は免れましたけど……十年後にこの町がどうなってるのか全然想像できませんよね。なくなっててもおかしくないって、家族は言ってます」

「まあ、確かに」

心配なのはこの町だけじゃない。

僕を取り巻くすべてが、十年後にもこのまま存在しているとは思えなかった。

「立派なお家柄のことは、よくわかりませんけど。阿久津先輩は、弱いことが許されないんですって」

それは、とんでもなくしんどい生き方に思える。

「ねえ、水森先輩はそんな阿久津先輩に勝ちましたよね。どうやって勝ったんですか？　ルービックキューブが好きなんですか？」

距離が近い。テンションも若干高い。話が完全に僕のことに移っている。

「どうやって勝ったのか、僕にもわからないんだ」

「……そうなんですか？」

僕の返答が不満だったのか、佐藤は唇を尖らせた。

「阿久津先輩に勝てるほどの個性があるのに、どうして水森先輩は夜の公園に通っているんですか？」

「個性という言葉の使い方が、僕とは違う」

「難しいことを言って、煙に巻こうとしないでください」

そう言われれば確かに、少し逃げているような返答だったかもしれない。

「なんていうんですか？　そういう哲学？　ですかね。水森先輩の、そういう喋り方すらも羨ましいと思います。わたしは、個性を誤解しているんですか？」

「うーん」

返答に窮する。僕の語彙力が、佐藤に伝えられるほど熟達していないんだろう。それはつまり、僕もあんまり理解できていないってことなのかもしれない。

個性とは何か、なんて。

言葉にはできない。一言では言えない。

「わたしは、喉から手が出るほど個性がほしいんです。ほんとうにほんとうに、ほしいんですよ。ねえ水森先輩。水森先輩は阿久津先輩に勝ちました。どうすればそうなれるんですか。どうして……どうしてわたしは何も生み出せないんですか？」

佐藤の声が軋む。

「わたしは、どうすればいいんですか……」

最後の言葉は、しぼんで消えた。

自分がどうすればいいか――なんて。誰かに訊くことじゃないと思う。でも人は、そこまで強くない。僕に訊くなと、突き放すのは違うような気がする。

「水森先輩には、何かがあります」

「何か？」

「言葉にはできません。でも何かがあります。わたしもルービックキューブをやってみます」

「それは無意味だ。佐藤は僕じゃない」

「じゃあ立体パズルでもジグソーパズルでもなんでもいいです。水森先輩の何かに、わたしは近づきたい」

これはもう、僕が何を言っても無駄だろう。あるいはこういうきっかけから、何かを摑んだりできるのかもしれない。僕がルービックキューブを好きになったきっかけだって、両親に買ってもらったからだ。

僕の隣に立っていた影野さんが、

「個性って、なんでしょうね」

と呟いた。僕の方が訊きたかった。

それ以来ほぼ毎日、公園の隅で立体パズルやジグソーパズル、ルービックキューブで遊んでいる佐藤を見かけるようになった。

少し前から、僕の強さを疑問視する声が上がり始めていた。

殺し合ったのは、阿久津との一回だけ。その勝利方法もよくわからない。あいつは本当に強いのか、弱いのか。そういった疑心の視線が、日に日に濃くなっていった。

そしてついに、殺し合いを申し込まれた。

中間テストが終わった直後の放課後——阿久津が僕の隣にいないときだった。

「なあ、水森。お前って本当に強いのか？」

愛田景だ。

制服の着こなし方は、大也に似ている。もう六月だから夏服なんだけど、サイズ感がばっちりでシルエットが凄く綺麗だ。顔はマジでイケメンである。

「どうやって阿久津に勝ったんだよ。俺の見てない間に何があったんだよ」

そういえば愛田は、僕と阿久津の殺し合いを見てないって言ってたな。

「俺さあ、最強ってのに憧れてるんだよね。でも阿久津にはぜってー勝てねえ。ありゃ無理だ。化けもんだ。でも水森には勝てそうな気がする。見てないけど」

失礼……でもないか。

「だから俺と殺し合おうぜ」

「わかった」

「お、わかってくれるのかよ。断られると思ってた」

そろそろ逃げ回るのをやめようと思っていたところだ。もう一度、誰かと殺し合ってみないことには、僕も自分の能力を知ることができない。むしろ愛田が誘ってくれたことで、殺し合いに挑む覚悟を決めることができた。

「よし、約束だぞ。俺はお前に勝って、そんで公園を卒業する」

「え？　なんで？」

「最強のまま勝ち逃げしてやるんだ」

面白い考え方をしていると思った。

すると突然、愛田の後ろの廊下から女子生徒がやってきて肩を叩いた。派手目のギャルっぽい雰囲気をしている。スカートとか超短い。同学年なのは知っているけど、僕とは接点のない女子だ。もちろん夜の公園で見かけたこともない。

「景が男子と話してるの、初めて見た」

その女子が言った。

「話があるんだけど。今、大丈夫？」

「あ、うん」

途端に、愛田からさっきまでの威勢の良さがなくなった。

「あ、でも俺、ちょっとまだ話が……」

「え？　なに？　聞こえないよ。もっとはっきり言ってよ」

その女子が言う。嫌みではなくて、本当に聞こえなかったから聞き返しただけのよ

うだった。でも愛田は、

「いや、なんでもない。またな、水森」

と言って、一緒に去っていった。女子の方は、去っていく前に振り向いて、軽く頭を下げた。

その日の夜。

公園に行くと、まるで予約したかのように中央が空いていた。この場と、ここに通っている子どもたちは、こういう流れには敏感なんだよな。だからこそ自分に嘘をつきにくいんだけど。

僕が公園の中央に進み出ると、対面の人垣が割れて、愛田が姿を現した。

「水森、お前が今この場の最強ってことでいいんだよな」

「うん、そうだよ」と言えるキャラではない。たった一回、阿久津に勝っただけで最強だと名乗るのはおこがましい。でも、ここで否定をしても、謙遜のしすぎで変な空気になりそうな気がして返答に迷う。

「いいですよ」

なぜか影野さんが答えた。

「聞いたぞ。よし！　じゃあ俺は今日、水森に勝って、それでここを卒業してやる！」

愛田が宣言した。

僕の近くにいた中学生くらいの男子が「またかよ」と呟いた。恒例のやりとりなのかもしれない。

ギャラリーの中に、阿久津がいた。夏服になっている。僕を見て、静かに頷いた。六月とはいえ夜は冷える。他の子どもはみんな長袖を着ているのに、阿久津は寒くないんだろうか——そう思ったけど、どこまで心配していいのかわからない。結局僕は、何も言わずに視線を逸らした。

佐藤もいた。両手でルービックキューブを握って、胸元でカチャカチャと回している。県さんのようになってしまうと嘆いていたのに、似たようなことをしている。

僕の真似をして、それで佐藤が何かを摑めるのなら、まあいいかと思った。

虚空に手をかざして、ルービックキューブを生み出す。

最初から大量に生み出した。

対する愛田は、ふわりと夜空に浮いた。愛田の髪の毛が、背中についているパーカーのフードが、ゆらゆらと揺れる。

この公園内なら、信じれば飛べる。でも僕には無理そうだ。そういう感性が、自分の中にはない。

そして愛田は、上空から巨大な岩石を生み出して、落としてきた。

僕の横に岩石が落ちて、砕ける。

シンプルだけどかなり強い能力だった。

愛田が、さらに岩石を生み出し、連続で落としてくる。

避けきれない――そう判断したのと同時に、ルービックキューブがバラけて僕のことを覆った。巨大なルービックキューブの鎧ができあがる。この前と同じだ。中から外が見えるし、声も聞こえる。岩石が、ルービックキューブの上面に当たって砕けた。どうやら今回も、相手の攻撃を防ぐことができたみたいだ。

「あ？　なんだこりゃ。防御全振りかよ」

岩石が間断なく落ちてくる。それを受けるたびにルービックキューブががっつんと揺れた。生きた心地がしない。

「というかさあ、ずっとこの状態が続いたらどうなるわけ？　なあ影野さん。タイムアップってあんの？」

僕が前回の時に抱いた疑問を、愛田が口にした。

「私が、もうこれ以上は無意味だと判断したら止めます」

と影野さんは答えた。

「つまり？」

「そうですねえ。たとえばずっとこの状態が続くようでしたら心証としては水森陽向くんの方が不利ですね」

「だってよ！　聞いたか水森！　ははは！」

「油断してはいけませんよ、愛田景くん。ずっとこの状態が続く……なんてことはありえませんから」

「そら、そうだな！　じゃあちょっとヤバい技を使うか！」

愛田が答えて、両手を上空に掲げた。同時に僕の足元がぐらぐらと揺れる。すぐに違和感に気がつく。

ルービックキューブの鎧ごと、浮かされているんだ。

これは愛田の攻撃だ――僕は相変わらず何もできない。そのままふわふわと浮いて、愛田の高度を超えて、遙か上空までどんどん上がっていく。見えている景色が変わる。町と山と空の境目が、墨のように溶けている。黒のグラデーションだ。

点々と確認できる明かりは、街路灯と自販機だろうか。でも民家に明かりが点いていないから、空がより大きく、星がより近く見える。突き抜けるような青空、という表現があるけど、夜空だって突き抜けるほど深い黒色をしていると思った。ピンチの状況にあって、初めて夜空をじっくりと眺める機会に恵まれていた。さらにこの町を囲っている山を眼下に置いたところで、おかしなことに気がついた。

遠くの――それこそ隣村の、とある一帯が光ったような気がした。

一瞬だったから見間違いかもしれない。

急に高度が落ちた。ひゅん、と内臓が浮く。恐怖を感じる暇もなく地面にぶつかり、小規模なクレーターができた。でもルービックキューブの中にまで衝撃は伝播しなかった。つまり、僕は無傷だ。

「生きてるか？」

愛田が確認するように言った。僕はルービックキューブの中から答える。

「生きてる」

「固えよ！」

僕もそう思う。

愛田が再び岩石を上空から落としはじめた。

「だけどな、このまま俺が攻め続けたら、俺の勝ちだぜ。影野さんもそう言ったしな。だから俺は諦めねえ！　勝ったら卒業なんて、もったいねえかもな。俺だってチヤホヤされてえし。水森に勝てたら、阿久津にだって勝てるかもしれねえ。最強のままここに居座るのも悪くねえ！」

そう言った瞬間、岩石の威力が弱まったように感じた。

集中しろ。僕は、僕自身の能力を知らなければならない。少しでいい。自分の能力のすべてを理解する必要はない。今は、ほんの少しでいいんだ。

手を、上に向かって伸ばした。

僕のことを覆っていたルービックキューブが再びバラけた。たくさんの小さなブロックが渦を巻いて空を飛び、愛田に襲いかかった。でも愛田に直接ぶつかるようなことはなかった。

風の流れを感じる。僕は今、何にも守られていない。その必要がない。

もう岩石は降ってこない。

愛田の周囲でブロックが固まっていく。さっきまで僕のことを覆っていたように、今度は愛田の方を、巨大ルービックキューブが覆った。面の色は当然ながら揃っていない。メチャクチャな配置のモザイク模様だ。立方体が完成し、完全に覆い尽くすと、そのまま落下した。地面にどでんどでんと転がる。

くぐもった叫び声だけが聞こえてきた。

「おい、出せよ！　俺をここから出せ！　暗い！　何も見えねえ！」

僕のときとは違って、愛田は外の景色が見えないらしい。

その声が徐々に焦りの色を濃くしていく。

「飛べねえ！　飛べねえよ。頼む、ここから出してくれ！　助けてくれ！」

「愛田。お前さっき、ここに居座るのも悪くないって言ったな」

「それがどうした！」

「自分の軽さを捨てただろ」

「は、はあ!?　だからなんだよ！」

軽さが愛田の、強みなんじゃないのか？

だから僕は、その強みを奪うように能力を使った。そうすることが、勝利に繋がると信じて。

もう充分だろう。ルービックキューブの能力をといた。立方体が地面に吸い込まれるようにして消えた。中から出てきた愛田が僕を睨んだ。でも体が震えていた。飛べなくなる、ということが、彼にとっての弱点だった。

「おああああああああ！　てめえええ！　ふざけんじゃねええ！」

愛田が吼えた。

この前のようにはいかなかった。

相手が勝手に意識を失うような終わり方にはならなかった。

生み出すのは刀がいい。もともと僕の中にはなかったけれど、阿久津と一緒にいることで新しく生まれたアイテムだ。刀を生み出し、握る。

愛田の首を斬った。

筋力はいらなかった。技術もいらなかった。この場だからできることだ。昼間の世界で同じことはできない。精神的にも、肉体的にも、技術的にも。

鮮血が噴き出し、返り血を浴びた。でもその返り血も、すぐに、元の場所に戻っていった。

愛田の首がくっついていく。復活する。愛田は何も言わないで公園の中央から下がった。

今回、僕が勝ったのは偶然か否か。ギャラリーはどう判断しただろう。周囲を見回してみる。みんなが目を逸らした。佐藤と目が合う。彼女はなぜか、うっとりと笑んだ。怖い反応だ。僕の方が目を逸らした。

「いやあ、えげつない勝ち方ですね」

影野さんが、隣に立っていた。そして続ける。

「でも、必要な能力です」

「必要って……誰にとって必要なんですか？」

「悩んでいる人すべてに、ですかね。水森陽向くん。君の能力は、戦う相手に、自分のことを見つめ直すきっかけを与えるのかもしれませんね」

でもそれは、一歩間違えれば必要以上に相手を傷つける能力、ということだった。

「村瀬幸太郎くんも、そういうことができる人でした」

「そういうこと？」

「人を惹きつける魅力があり、また、人の中にある『何か』を見つけるための手助けが、自然にできる人です。村瀬幸太郎くんが卒業し、水森陽向くん――君がここにやってきた。世界はそうやって繋がっているのかもしれませんね」

「僕は……」

村瀬さんのような人間じゃない。彼は暖かい何かを持っている。彼の生み出すものだって、とても美しかった。僕は違う。どう考えても彼の代わりにはなれない。

「勘違いしているといけないのではっきり言っておきますが、君が村瀬幸太郎くんの代わりに、ここにやってきたとは思っていません」

しっかり心を読まれていた。

「人と人が繋がっていく。それは誰かの代わりになることじゃない。村瀬幸太郎くんと水森陽向くんは違います。ただ、二人とも人を癒やす力を持っている、ということが言いたかったのです。力の種類は違っても、扱おうとする意思が同じなのかもしれませんね」

何も言えないでいると、後ろから肩を叩かれた。阿久津だった。

「やっぱり水森は凄い。水森には、何かがある」

すると今度は佐藤がやってきた。

「ありがとうございます。水森先輩。わたし、わかりました。こうやって殺し合えばいいんですね」

佐藤の握るルービックキューブは、六面がきちんと揃っていた。

この町に本屋はない。

隣村に大型デパートができたことや、ネット通販の台頭などにより、僕が生まれた年くらいに潰れてしまったらしい。

愛田と殺し合った次の日は、土曜日だった。

父さんと母さんは朝早くから——もちろん別々の用事で出かけたので、家には僕一人しかいなかった。いつものように漫画を読んで過ごそうかと思っていたけど、そろそろ飽きたな。本棚に置かれている漫画が、ここ数ヶ月ほど代わり映えしない。

『愛と平和と夢と希望』の新刊も出たと聞いて、買い物に出かけることにした。

朝食に目玉焼きを作っていると、フライパンの持ち手がガタついて、ネジが緩んでいることに気がついた。

ドライバーを探したけど見当たらない。父さんや母さんに電話をするのも気が引けた。本屋に行くついでに買ってこよう。

電車に乗って、隣にある大きな市の中心街に向かった。

車窓から眺める景色が、田んぼや畑から、密集する民家へと変わっていく。

僕の住んでいる露草町には何もない。

何かを買うときはネットに頼るか、こうして隣の市へと向かう。市に行くほどじゃないときは、隣村の大型デパートに行く。隣村にはその他さまざまなチェーン店が進出している。

ここら一帯には標高の高い山がいっぱいあるので、登山目当ての観光客も多い。でも僕の住む露草町には誰も立ち寄っていかない。見るべきものがないからだ。

電車が駅に停まった。

改札を抜けると、愛田景が立っていた。夜の公園と同じ、パーカーにスキニーパンツという服装だ。

「お」「あ」

目が合ってしまったので、軽く会釈をして通り過ぎようとしたら、

「ちょっと待て」

肩を摑まれた。どこかで見た展開だった。

「話がある」

「……」

嫌な予感がする。

「別に仕返しとか復讐とかじゃねえよ。わかるだろ？　そういう奴は、夜の公園には

行かない。なんつーか、もっとアレだ。大事な話だ」

「大事な話？」

「いいから」

何がいいんだよ。

愛田に引っ張られる形で、駅の隅っこに行く。西口近くには誰もいなかったので、そこで立ち話をすることにした。ガラス張りの窓が連なっていて、遠くの景色を見渡すことができる。とはいえ相変わらず、山はぼやけていた。

「調子はどうだ？」

愛田が言う。話の入り方が雑だ。

「調子は、うん。あんまりかな」

「そっか」

と言った後、愛田は急に頭をがしがしと掻いた。

「こういう前置きは苦手なんだよ。水森。お前に言いたいことがある」

「うん」

「昨日お前に負けてから、いろいろ考えたんだ」

「いろいろ？」

「まあ、いろいろだよ」

言葉を濁した愛田は、何かを考えるように宙を睨んだ。

「お前の能力はなんかすげえ。なんかすげえんだよ。心の奥底に隠しておきたい嫌なもんを、思い出させてくれる」

「とんでもなく嫌な能力だよね」

「いや、褒めてるんだよ。そう聞こえないのは、俺のせいだ」

嫌みじゃなかった。

反応に困る。

自分を律することができない人間ほど、なぜか他人を思い通りにコントロールしたがる、という話を聞いたことがあった。もしかしたら、僕の能力が他人の弱みを暴くのは、自分の弱みを隠しておきたいから、なのかもしれない。だとしたらやっぱりそれは、とても嫌な能力だと思う。

「ごめん、景。遅くなった」

そのとき、一人の女の子が、愛田の肩を親しげに叩いた。昨日、学校でも愛田の隣にいた、ギャル風の女子だ。かっちりした黒のジャケットに黒のスカートというシックな服装だ。そこにネックレスやブレスレットをたくさんつけて着崩している。

その女子は僕の方を見て、ぺこりと頭を下げた。僕も「どうも」と言いながら頭を下げた。

「あ、それじゃあ水森。またな」

「うん」

結局、愛田の言いたいことってなんだったんだろう。

なぜか去り際に、ギャル女子が愛田の顔をまじまじと覗き込んだ。

「あれ？　顔色悪いんじゃない？」

「え。いや別に」

愛田は顔を背ける。ギャル女子が回り込んで、愛田の顔をさらに見つめた。反対方向に顔を背けようとした愛田の頭を両手でがっちりと掴んでいる。

「はあ。あのねえ。隠してもわかるんだよ。どうして今日、私の誘いを断らなかったんだよ」

「……悪いと思ったから」

愛田が認めた。彼の体調が悪いのは、昨夜の殺し合いのせいかもしれない。そういう勝ち方を、僕はした。

「なんでも頷けばいいってもんじゃないんだよ。体調悪いなら悪いって言ってくれないと、むしろ迷惑なんだよ」

「……ごめん」

「いいよもう。帰って寝なよ。私は用事があるから、このまま行くけど」

「え、うん」

「じゃあね。ちゃんと！　帰って！　寝、な、さい！」

ビシッと言われて、愛田はばつが悪そうに肩を落とし、トボトボと歩きながら改札に入っていった。

僕とその女子が残される。

「それじゃあ、さようなら」

今度こそ本屋に行こうとすると、

「ちょっと待って」

肩を摑まれた。どうしていつもこうなるんだ。

「景と仲よさそうに喋っていたけど、友達？」

「友達……ではないかな。まだ」

「まだ？」

これからどうなるのかは、わからない。でもこの感覚を上手く伝えられる自信がない。ギャル女子は訝しげに僕を見て、「ふうん」と呟いた。

「あ、私は百瀬希です。同学年だよね」

「そう。僕は水森陽向」

小学校から高校まで同じクラスになったことのない人だから、同学年とはいえ、自己紹介が必要になる。僕の存在感が薄いことも、理由の一つだろう。

「あいつさ、顔しか良いところがないでしょ」

百瀬がいきなり話し出した。語気が強い。

「女子の言うことに反論しないし。すぐ頷くし。バカだし。だから悪い奴に利用されて、顔目当ての奴に振り回されて、簡単に捨てられて。そういうことを何回も繰り返してるんだよ。それで男子からもバカにされるし。友達もいないし。どうしようもないんだよ。あいつは顔しか良いところがないんだよ」

「そんなことはないだろ。僕は愛田の軽さに救われたよ」

反論してみる。百瀬が僕をぎろりと睨んだ。

「軽さ？」

「そう。あいつの軽さが、僕を引っ張り上げてくれたんだよ。そういう軽さもあるんだって、あいつを見て知ったよ」

愛田が誘ってくれたから、僕は二度目の殺し合いに挑むことができた。ああいう男じゃなければ、僕を公園の中央まで引っ張ってくれはしなかっただろう。それを許し く語ることはできないけど。

百瀬はしばらく黙ったまま、僕のことを睨んでいた。そして、

「……景って、露草町に来る前は、親の仕事の都合で転校を繰り返していたんだって」

唐突に言った。

相変わらず目つきは鋭いけど、僕から視線を外して百瀬は喋る。

「それで人との関わり方がわからないまま生きてきたんだって。でも顔が良いから告白される。バカだから。で、相手の言うこと全部聞いて、捨てられる。二股とか絶対にしないのに、そういう男だって噂を流されてる」

でもね、と百瀬は続ける。

「本当は良い奴なんだよ。放ってはおけないんだよ。だから」

だから。

「……別になんでもない」

一番大事なところを言わないで、百瀬はきびすを返した。でも何を言いたいのかは、

なんとなくわかった。

素直に、愛田のことを羨ましいと思った。


本屋で『愛と平和と夢と希望』の新刊を買い、そこから少し歩いてホームセンターにも立ち寄った。ネジのサイズがわからなかったので、いろいろな種類、大きさの入っているドライバーセットを買うことにした。

最寄り駅までの途中に大きな公園があったので、覗いてみた。遊具はなかったし、ベンチもなかった。その代わりに、禁止事項の書かれた看板が立っていた。

大きな声を出してはいけない、野球をしていけないなど、おおむね僕の町と同じだ。

土曜日なのに、公園で遊んでいる子どもは一人もいなかった。


家に帰ってきた。

キッチンに入ると、新しいフライパンが置いてあった。どうやら母さんが買ってきたらしい。ネジの緩んだ古いフライパンは見当たらない。まあ、そういうこともあるよな、と思った。

自室に向かう。

買ってきたドライバーセットを机の上に置き、漫画のビニールを破く。なぜか今は読む気が起きず、本棚に入れた。代わりに引き出しの奥底からルービックキューブを取り出して、回転させてみた。

ここ一ヶ月で、いろいろな人と知り合った。

絵筆を生み出して雷なんかを描く、特殊な戦い方をする志木幽。

殺し合いそれ自体には参加せず、殺し合いの絵を描く志木仄。

何も生み出せず、自分には個性がないと嘆く佐藤。

異性の言うことに全部頷いてしまうイケメン、愛田景。

愛田のことを気にかけているギャル女子、百瀬希とも少しだけ会話をした。

そして——僕は二度目の殺し合いを経験した。

カチャリ、とブロックの擦れる音がする。

愛田との殺し合いでも僕は、相手の弱点を突くような戦い方をした。何かが一つ間違っていたら、愛田をより深く傷つける結果になっていたと思う。

だから自分自身の能力をちゃんと把握しなければならない。そのために僕は自分のことを知らなければならない。

そもそも僕は、どうして高校二年生というタイミングで夜の公園に呼ばれたんだろうか。後もう少し耐えれば進学で堂々と家を出られるというのに。

父さんと母さんは、僕をこの家に留めておきたいと考えている。だから県外の大学には進学させたくないはずだ。家を出たい僕のことを父さんと母さんは邪魔してくるだろう。きっと回りくどい精神的な脅しをしかけてくる。

それでも家を出ることはできる。

だけどその結果として家族がバラバラになることは、やっぱり避けたかった。

僕のせいで。僕が家を出たから。僕が父さんと母さんの言うことを聞かなかったから――そういった理由で家族を壊したくなかった。

僕をきっかけにして両親が離婚してしまったら、僕はもう二度と、他人と深く関われなくなってしまうような気がする。

たとえば相手の言うことに反論したら嫌われるんじゃないか。自分の想いを伝えたら引かれるんじゃないか。これを言ったら煙たがられるんじゃないか。あれをしたら縁を切られるんじゃないか。そういう風に怯えて暮らさなければならなくなる気がする。その結果、大事なことを何も言えなくなってしまう。

それは嫌だ。僕は、ちゃんと生きたかった。

ああ、そうか。

僕は家族の関係を壊すためにぶつかりたいわけじゃない。

家族の関係を結ぶために、ぶつかりたいんだ。

一見、矛盾したようなこの気持ちを、今までは言葉にすることができなかった。

ここまでわかっていて、でも。

どうやって両親とぶつかればいいのかが、まったくわからなかった。

このまま家に残っても、あるいはムリヤリ家を出ても。どちらにしても僕に未来はないような気がする。真綿で首を絞めるように、自己肯定感を喪失していくだけのような気がする。

だから高校二年生の、このタイミングで夜の公園に呼ばれたんだと思う。

卒業前の今しか、自分を救うことのできる時間がなかった。

自分を信じるためには、他人を信じなければならない。でも他人を信じるためには、まず自分を信じなければならない。そうやってぐるぐる回っている世界の、最初の一歩目はどうやって踏み出せばいいんだろう。

ルービックキューブの回転を止めて、引き出しの奥底にしまい直した。

ベッドの上で横になる。意識はやっぱり、引き出しの方に惹きつけられる。あの中にはルービックキューブが隠されている。

そしてなぜか、阿久津のことに考えが飛ぶ。彼女は、デスゲームの漫画を引き出しの奥底に隠している。

目を閉じた。

何もない、真っ暗闇の空間に一冊だけ、ぽつんと置かれている漫画を想像した。

そこに制服姿の阿久津がやってくる。彼女は漫画を拾い上げて、読み始める。その顔は、楽しそうにも、悲しそうにも見えた。

IV

ゆっくりと梅雨を迎えた。

夜の公園には透明な膜のようなバリアが張られていて、雨は弾かれていた。

公園にたどり着く。傘を閉じて、息を吐いた。

僕が着ているウインドブレーカーは、小雨（こさめ）程度なら弾くことができる。それでも夜気は冷たくて、針のような雨が、服の隙間から体に差し込んでくるような気がした。

今日は他の子どもたちもあまりいない。

夜空を見上げる。

雨が、公園を覆っている膜を伝い、ドーム状に流れる。木々の揺れる音がかき消され、景色が煙る。より一層、公園が世界から孤立しているように感じられた。

この季節は、夜の公園に呼ばれる前に、外で鳴いているカエルの声が徐々に小さくなっていくのがわかる。昼と夜、現実と夢が瞬間的に切り替わるわけではないように。

夜の公園も、現実からグラデーションを描いた先にあるんだろう。

世界は隙間なく、緩やかに繋がっているのかもしれない。

一日の降水量が百ミリ近くになりそうな雨の日。

放課後。雨によって景色が霞む中、阿久津と二人、傘を差して並んで歩く。

一緒に帰るのが定番となりつつあり、今では奇異の目で見てくる人もいなくなった。もう付き合っていると思われているのかもしれない。

今日は傘の分だけ、阿久津との距離が遠い。

ときどき傘同士がぶつかって、距離を取り直す。夏服の阿久津の二の腕が、煙る景色の中、ひときわ白く浮かび上がっている。

雨によって湿った草の匂いがした。

「……中間テスト」

阿久津が言った。

「うん」

「成績、学年トップだったんだけど」

「うん――って、え？　トップ？　すげえ」

「お父さんに怒られた」

「え？　なんで？」

雨音が大きかったから、聞き間違えたのかと思った。

「部活を辞めたんだから、このくらい当然だろ。むしろ、もっと点数取れただろって」

「マジか」

「……マジ」

厳しさをはき違えていないか？

「もっと良い点を取らないと、私はお父さんに褒めてもらえない」

ここで僕が何か言っても、何も響かないだろう。阿久津は僕じゃなくて、父親に認めてもらいたがっているのだから。

「でも、どこまで頑張ればいいの？　どこまで強くなれば、認めてもらえるの？」

阿久津は独り言のように呟いた。

返答を期待しているわけじゃないことは、なんとなくわかった。

「成績が下がらなければ何をしても自由」だと言っていた僕の父さんは、中間テストが終わった後も僕の成績を訊いてこなかった。興味がないんだろう。

当たり前だけど、僕と阿久津の悩みは違う。

阿久津の親は厳しい。

でもきっと、厳しいから苦しいというわけではないんだろう。

親が不仲だから苦しいというわけではない僕と、同じように。

雨の勢いが激しくなった。

傘をしっかりと握りなおした。柄が冷たい。

「ルービックキューブのこと。少し訊いてもいい？」

俯いているせいか、阿久津の声が、雨と同じく地面に落ちる。かろうじて聞き取った。

「まだ話せるかわからないけど、いいよ」

「どうしてルービックキューブなの？」

「………」

どうして僕はルービックキューブを生み出して、殺し合っているんだろう。そもそも小学校六年生くらいから触っていなかったのに。

――あれ？

どうしてルービックキューブで遊ばなくなったんだっけ。好きで好きで毎日遊んでいて、でもいつからか嫌いになって、引き出しの奥底にしまい込んで——その一連の流れが、上手く結びつかなかった。ここで父さんと母さんの顔が頭に思い浮かんだ。二人がケンカをしている姿と、ルービックキューブの思い出がリンクした。でもその先が繋がらない。

思い出せない?

いや、感覚が違う。

考え方を変えてみる。そもそも、どうして父さんと母さんの仲が悪くなったんだっけ。記憶をあさってみるけど、こちらも答えが出ない。不倫や浮気、親の介護、遺産相続。ギャンブル、アルコール。その他諸々。父さんと母さんは、そういう一言で言えるような原因がないのに、仲が悪くなっていったように、僕の目には映っていた。

阿久津の質問に答えられないでいると、

「私もあれから、考えたの。聞いてください」

話題を変えてくれた。

「うん。聞きます」

「この町から活気がなくなっているのは、わかる?」

「まあ、なんとなくは、そんな空気かなって」

町の商店街も結構シャッターが下りている。そういえば佐藤からも似たようなことを聞いた。町議会議員が定員割れを起こしているとか、なんとか。

十年後にこの町がどうなっているのか想像ができない。なくなっていても、おかしくない。そういう空気だった。

「この町よりもさらに小さい隣村は、大きなデパートやチェーン店を誘致したりして、それで財政も安定しているんだって。でもこの町はそういうの、全部断ってきたから。結果として、みんな買い物するときは、商店街じゃなくて、その、隣村のデパートとか、隣の市まで出たりするようになった」

確かに、そうだ。僕の母さんも、隣村の大型デパートで働いている。

「この町を守るために断ってきたのに。結果的に、町の過疎化が促進されたの」

なんとも言えない。

「それに隣村も、隣の市も、外国人相手の観光事業に力を入れてるらしいの。市役所や村役場、それから旅館のスタッフにも英語を話せる人を置いたり。でもこの町はなんにもしてない」

そもそもこの町に宿泊施設とかあったっけ。

「お父さんは、阿久津家ではこうだ——みたいな言い方をする。でも世の中は、今、どんどん複雑になっていっているような気がする。こうでなければならないっていう考え方じゃ、生きていけない気がする。けど、お父さんに反論しようとすると、阿久津家や露草町そのものと対峙しているような気になる。お母さんも、お父さんの言うことを聞いてばかりで、私の味方をしてくれない。だから、強くならなきゃいけない」

僕は頭を回転させて、阿久津の伝えてくれた言葉を、自分の中に落とし込んだ。

阿久津は自分を確立しようとしているけど、父親が、家を背景にして潰そうとしてくるんだろう。阿久津家は露草町の権威そのもののような家系だから、露草町と戦わなければならない。

「お父さんは、俺の言うことを聞いていれば間違いない。俺も親父(おやじ)の言うことを聞いて生きてきたって言うの。でも……」

もはや阿久津家の権威は、何もしなくても失墜しそうだ。先代のやり方を踏襲してきた阿久津の父親は、阿久津が何に悩んでいるのか、まったく理解できていないんじゃないか。

「本当はお父さんも、このままでは未来がないことを、たぶん、わかっていると思う。自分のやり方が上手くいかなくなってること。わかっていると思う」

権威への反抗という、単純な話ではないらしい。

「どうして、そう思ったんだ？」

「見ていれば、わかる」

阿久津はそれだけ、自分の親をちゃんと見ているんだろう。

「だからこそ、わからないの。もう駄目だってわかっているはずなのに。それでも私に押しつけてくるのは、どうして？」

それは、きっと。

今更やり方を変えられないから、なのかもしれない。僕の父さんと母さんも、このままでは上手くいかないとわかっていながら、関係を続けようとする。僕もそうだ。今すぐ崩壊するよりは、先延ばしにした方がいい。

みんな――弱い。

強いのは阿久津だけだと思った。彼女は、昼間の学校ではトップの成績で、部活でも結果を残し、夜の公園では僕が来るまで負けたことがなかった。その強さの裏側には、強くならなければならない理由がちゃんとあった。

阿久津の強さと、悩みの深さが一致しているようだった。

「世界は、日を追うごとに、複雑になっていくのにね」

阿久津が呟いた。

こんなにも強い阿久津に、どうして僕は勝てたんだろう。

それがまったくわからなかった。

「やっと。ここまで言えた。水森だから、言えたんだよ」

僕はその言葉に、何も答えられない。

足元の大きな水溜まりを踏んだ。水がはねて、ズボンの裾を汚した。靴の中はとっくに浸水していたし、靴下は水を含んで不愉快なことこの上ない。自分の立っている場所が泥沼みたいに思えるほど、足取りは重かった。

家に帰ると、母さんがキッチンに立っていた。そういえば、父さんは今日飲み会だと言っていたっけ。こういう時間を利用して、母さんは食事を作り置きする。父さんが家にいるときは、極力自室から出てこないか、逆に出かけてしまう。

いつもは何も話すことなんてないし、そのまま自室へと直行するけど、今日は違った。僕はキッチンの前で足を止めた。

「ねえ、母さん」

「うん？　どうしたの？」

「どうして父さんと離婚しないの？」

ふと、口にした。

「なにそれ。どういう意味？」

「いや、意味というか。うん」

「なに？」

自分でも何を訊きたいのか、わからなかった。

母さんは僕を見ない。動かす手を止めない。でも、包丁がまな板にぶつかる音が、さっきよりも大きくなった。

「どうして父さんと結婚したの？」

訊き方を変えてみたけど、これも違う。

より嫌みな訊き方になってしまったような気さえする。

「好きだったからよ」

母さんは答えてくれた。

「好きだったから、結婚したのよ。単純だったのよ。でも、失敗した」

「失敗？」

「失敗よ。何もかも、失敗した。あの人と結婚しなければよかった」

「つまり、僕が生まれなければよかったってこと？」

「誰もそんなこと言ってないでしょう。どうして陽向は、そう悪く受け取るの？」

「いや、だってそういう話じゃ……」

「あなたのことなんて話してない。ちゃんと私の話を聞きなさい。私は今、お父さんのことについて言ってるの」

母さんは、手元から顔を上げない。僕を見ない。

「……ごめん」

僕は謝って、きびすを返した。でも自室に戻る前に思い出した。

「そういえば持ち手のネジが緩んだフライパンあったじゃん。あれ、どうしたの？」

どうしてこのタイミングだったのか、自分でもわからなかった。たぶん、心のどこかに引っかかっていたんだろう。

「もう古かったから。捨てた」

予想していた答えだったのに、ショックだった。

逃げるように自室に戻った。

雨に濡れた体が冷えきっている。のろのろと着替えて、ベッドの上で横になった。

その日も結局、眠れなかった。阿久津の悩みに比べて、自分がとても小さなことで苦しんでいるような気がした。そして夜の零時三十七分。公園に呼ばれた。

「ねえ、水森先輩。わたしと殺し合ってください」

殺し合いに誘われた。

こうなるのは時間の問題だと思っていた。

公園の外は土砂降りだ。

雨を透明なバリアが弾いている。

今、この公園は、町の中に浮かんでいる孤島みたいだと思った。

「ようやく、自分の中に何かがあるっていう感覚を理解することができました」

僕と初めて会ったとき、彼女は「自分には個性がない」と嘆いていた。そこから僕と話し、僕から何かを吸収して、彼女は再び公園の中央に立った。

今度は、僕の敵として。

「今なら、わたしにも殺し合いができます。できるんですよ」

夜の公園の中央で、僕と佐藤は対峙する。

ギャラリーを見回す。阿久津がいた。愛田がいた。志木幽が、志木灰がいた。

「わたしの中にあったバラバラな感性が、とうとう一つになったんですよ。わたしには個性があったんですよ」

佐藤が興奮気味に言った。

僕は虚空に手をかざし、ルービックキューブを生み出した。佐藤も同じように手をかざして、同じようにルービックキューブを生み出した。まあ、そう来るだろうなとは思っていた。

予測していたとはいえ、僕はどうやって攻撃をすればいいのか、迷った。

すると急に、周囲の空間が折りたたまれて、空間が狭まっていった。いつの間にか、公園を覆っている緑色の菱形フェンスが、僕を——僕だけを取り囲んでいた。

——檻だ。

これはなんだ？　僕は、どんな攻撃を受けている？　菱形フェンスの包囲網が狭まって、身動きがまったく取れなくなる。フェンスの向こう側には闇しか見えない。誰もいない。

逃げ道は上にしかない。星が見える。

飛ぼうとした。飛べなかった。

夜空の蓋が、パタンと閉まった。立方体に囲まれている。菱形フェンスだった物は、青、オレンジ、緑、赤の——四色の壁になっていた。地面は黄色で、夜空は白だ。ここはルービックキューブの中だ。ただし僕のじゃない。僕の意思で動かせないし、一面のブロック数もきちんと九個しかない。普通のルービックキューブが単純に巨大化しただけ、といった感じだ。

たぶん佐藤の持っているルービックキューブの中なんだろう。

捕まったんだ。

気がついたときにはもう遅かった。

「うふふふ。あはははははははは！」

どこからか佐藤の笑い声が聞こえた。

僕が中にいるはずなのに、外側の、僕を覆っているルービックキューブがカチャカチャと回転し始めた。ブロックの擦れる音がする。バネもないのに、きしきしと音がする。うるさい。たまらずに耳をふさいだ。それでも音は鳴り止まない。

上も下もわからない。上下左右が猛烈な勢いで回る。

周囲の色が、次第に消えていく。

闇の中に立っていた。

たぶん、立っている。天地がわからない。

僕は佐藤の攻撃を食らった。それ以上は何もわからない。佐藤は一体何をしたんだ？

考えていても答えは出ないけど、それ以外にできることがなかった。

唐突に、僕の目の前に一人の男の子が現れた。

その子は僕に目もくれず、ひたすらルービックキューブを回転させていた。ブロックの擦れるカチャカチャとした音が闇の中に響く。でも、どれだけ回しても揃うことはなかった。

僕はその子が持っているルービックキューブに、見覚えがあった。

「なあ、そのルービックキューブは、絶対に揃わないよ」

思わず声をかけた。でもその男の子は、手を止めなかった。そして、

「知ってるよ」

と答えた。

知っているのに、どうして止めないいんだろう。それは回し続けても意味がない。だって——それは。

僕が何かを言う前に、男の子が口を開いた。

「父さんと母さんの仲が良くないのは、なんでだろう」

「わかんねえよ、そんなの」

僕がそう答えると、男の子は首を横に振った。

「本当はわかっているはずだ」

そう言いながら、決して揃うことのないルービックキューブを回し続ける。カチャカチャと音がする。

「——水森！」

誰かの声が聞こえた。聞こえたというか、闇の中に声が斬り込んできたかのようだった。でも声の出所がわからない。ここには、僕と男の子しかいない——そう思っていたら、隣にスーツが立っていた。顔のない、中身のないスーツだけが立っていた。

「見つけましたよ、水森陽向くん」

影野さんだった。

彼の着ている物以外が、完全に周囲の闇と同化している。

「今です！」

影野さんが叫んだ。

たとえば電気を消した自室にいると、廊下の明かりがドアの隙間からこぼれるように入ってきて、光の筋を部屋の中に刻む。それに似た一条の光が、闇の中に差し込んできた。

その光が徐々に大きくなっていく。向こうには誰かがいる。その誰かが、右手を差し出してきた。僕はそれを摑む。近くにいた男の子に、僕は空いている左手を差し出した。でもその男の子は首を横に振って、ルービックキューブを回し続けた。

僕だけが、光の中へと引っ張られる。

振り返った。もう男の子は、闇に紛れてしまって見えなかった。

ブロックの擦れるカチャカチャという音だけが、最後まで反響していた。

◇

初めてルービックキューブを買ってもらったのは、小学校三年生のときだった。両親の仲はまだ良かった。少なくとも、表面上はよく見えた。父さんと母さんの視線の間に、僕はまだ存在することができた。二人は、今ではもう背中越しにしか喋らない。お互いの視線は交わらず、間にいる僕は、相手より優位に立つための道具でしかない。

話を戻そう。

ルービックキューブを買ってもらった僕は、父さんと一緒にネットで検索して、解き方を勉強した。簡単な解法を覚えてからは、難なく解けるようになっていた。

ある日、父さんが僕に挑戦状を叩きつけてきた。

「これを一分以内に解いてみろ。できたら好きな物を買ってやる」

すでに回転されているルービックキューブだった。僕はその勝負に乗った。どんな並びでももう一分以内で解けるレベルになっていたからだ。でも回し始めてから、何かがおかしいと思い始めた。どう回しても、なぜか上手くいかない。でも何がおかしいのかわからない。時間だけが過ぎていく。

三分が経ち、気がついた。

これは一度分解されている。そして、もとの、最初の正しい配置をメチャクチャに変えられているんだ。そりゃ解けるわけがない。最初から正しい形が存在しないんだから。

「ずるい」

僕が抗議すると、

「ずるくない」

と返された。

「なんで！　これじゃあ解けない！　答えがないじゃん！」

「答えはある。一分以内に『これは絶対に揃うことのない配置だ』と看破していれば、陽向の勝ちだった。それが俺との勝負だったんだよ」

一理ある、と思った。少なくとも絶対に勝てない勝負ではなかったのだ。

「世の中にはこういうこともあるんだよ。そもそもの前提が間違っている。正しい解法でも解けない。決して解けないパズルがある。そういうパズルは、視点を変えて挑むしかないんだ」

その言葉はずっとずっと頭の中に残っている。家族が上手くいかなくなっても、父さんのことを嫌いになっても、頭の中に残り続けている。

「大人げないでしょ、その答えはさあ」

でもやっぱり大人げないと思ったので、抗議しておいた。

「あははは、悪い悪い。そうだな、パズルは解けなかったけど、好きな物を買ってやる。母さんには内緒だよ」

そんな夢を見た。

目が覚めたときには夜の公園だった。

目の前には阿久津がいた。体勢がおかしい。さっきまで上下左右のない世界にいたから咄嗟（とっさ）にはわからなかったけど、背中に地面がある。つまり倒れている僕の顔を、中腰姿勢の阿久津が覗き込んでいる、という構図だった。

「あ、良かった。気がついたんだ」

「僕は、負けたのか？」

「……負け、というか。なんというか」

阿久津が言葉を濁した。長い時間をかけて、言葉を選んでいるようだ。

「試合は、中断されたの」

「なんで？」

「水森が目を覚まさないから」

「え？　誰が？　僕が？　目を覚まさない？」

「うん。三時間くらい。寝てたというか。気を失っていたというか」

「でも気を失ったら負けなんじゃ……」

「緊急事態というか。勝つとか負けるとか、そういう場合じゃなかったというか」

言っていることがあやふやだった。ここで阿久津はいったん、言葉を切った。そして視線を、左の方に向けた。僕も上体を起こして、そちらを見る。

佐藤が、真っ青な顔をして立っていた。

「水森……先輩。わ、わたし」

佐藤はそれ以上、何も言わなかった。言えなかったのかもしれない。僕は周囲を見回す。ギャラリーが、僕のことを遠巻きに見ている。愛田も、幽も、仄も、どこか苦々しいような、安堵したような、妙な表情をしている。空気が変だ。

僕の倒れていた場所は、公園の中央だった。つまり佐藤と殺し合ってから三時間、誰も、ここで殺し合いをしていないってことなんだろうか。

「もうすぐ日の出ですよ」

僕の近くに立っていた影野さんが言った。

「もう、そんな時間なんですか？」

「もう、そんな時間なんです。今日はこの辺にしておきましょう」

なんの説明もない。どうもこの場で言葉にしてはいけないことが起こったらしい、とだけ察した。下手に言及しない方が良さそうだ。

阿久津が、右手を差し出してくる。それを摑んで立ち上がった。

「……家まで送るよ」

「僕が送られる方なのか？」

「うん。心配だから」

視界の隅で、影野さんが佐藤に話しかけているのが見えた。気になったけど、僕が見ていることに気がついた佐藤は、深々と頭を下げてしまった。

「行こう。後は影野さんに任せて」

阿久津に促されて、僕は歩き始めた。公園から出るまで何度も何度も振り返った。でも佐藤はずっと頭を下げたままだった。


雨は止んでいた。でもまたいつ降り出すかわからないほど曇っていた。夜明けが近いはずなのに、全然明るくならない。

阿久津と並んで、町の中を歩く。

足元には水溜まりが多いので、気をつける。街路樹や、名も知らない道草に露がついていて、重そうに葉が垂れている。時折、雫（しずく）がぽたぽたと落ちた。

周囲の家には明かりがともっていない。電柱についている街路灯の下を通り過ぎるたびに、阿久津に話しかけようか迷う。でもなかなか言葉が出てこない。阿久津も、何も喋らない。左手に持っている閉じた傘の先端が、地面にぶつかる音がした。

しばらく歩いていると、自動販売機が見えてきた。

「……何か、飲む？」

阿久津が言った。

「あ、僕は別に」

「別に？」

いや、ここで飲み物を買うことが会話の呼び水になるかもしれない。

「やっぱり飲むよ」

小銭を出して、自動販売機に入れた。サイダーを買う。続いて阿久津が緑茶を買った。ペットボトルの蓋を開けて、一口飲む。そのタイミングで阿久津が、

「本当は、飲みたくなかったの？」

と言った。むせた。

「な、なんで」

「なんでって言われても」

困惑する阿久津に、僕の方が困惑した。そこまで一目瞭然の態度を取っていたのか僕は。誤魔化すために口を開こうとして、やっぱりやめた。少し考えてから、正直に話すことにした。

「味がわからないんだ」

「……どういう意味？」

「ストレスが原因、なのかな。病名はつかなかった。でも、何を食べてももう、あまり味がわからないんだよ」

「そう」

阿久津はそれ以上、何も言わなかった。

間を取るためにもう一口、サイダーを飲んだ。阿久津を見る。彼女の横顔が、自動販売機の光に照らされている。もう一口飲んだところで、

「……ごめん。私、水森の中に入った」

むせた。どうしてこう絶妙なタイミングで変なことを言うんだよ。

僕が落ち着いたところで、阿久津は続きを話し始めた。

「佐藤さんが、水森を巨大ルービックキューブの中に閉じ込めたの。でもそこで佐藤さんが、自分の能力を制御できなくなった。水森は出てこないし、佐藤さんはパニッ

クに陥るしで、もう、てんやわんやだった」

てんやわんやとか久しぶりに聞いた。

「影野さんが『ルービックキューブの中の水森陽向くんは、バラバラになっています』って言い出すから、私、卒倒しそうだった」

それをたった今聞いた僕も、卒倒しそうだった。

僕は物理的にバラバラになっていたのか。

「それで影野さんが、佐藤さんの能力を通して、その、なんていえばいいのかな。心象風景？　かな。水森の心の中に行くって、言い出して。そうしなければ、危ないかもって。だから私も、ついていった」

「それは、その……」

何とも言えない。

「水森の中にある闇は、纏わり付いてくるような濃さで、だから、刀で斬って進んだの」

僕があまりにも不安そうな顔をしていたからだろう、

「大丈夫。影野さんが先導してくれたから」

阿久津はそう付け足した。なら大丈夫だろう、たぶん。頼むよ影野さん。

「……ごめんなさい。勝手に、その。心の中を……」

　阿久津はそれ以上、何も言わなかった。ペットボトルの蓋を閉めて、もう一度歩き出す。手に持っているペットボトルの中のサイダーがちゃぷちゃぷと揺れる。今度はさっきよりもゆっくり歩いた。

　あっという間に僕の家についてしまった。玄関の前で立ち止まる。別れの言葉を言おうとして、でもなんだか名残惜しくて、言葉もないのに言葉を探してしまう。

　阿久津も、ちょっともじもじしていた。

「このまま家に戻らなかったら、どうなるのかな」

　視線を逸らしながら、阿久津が言った。

「どうって、どうなるんだろうね」

「夜の公園は、なんか、日の出と共に解散になって。それで家に帰ったら、いつの間にか終わっているっていうか」

「シームレスに切り替わっている感じがするよね」

「する」

　じゃあ、このまま家に帰らなかったら、この不思議な空間はいつまでも終わらないんだろうか――いや。たぶん、終わる。僕らがどこにいたとしても、気がついたら元の、現実の世界に戻っている気がする。なんとなくだけど、阿久津もわかっているだろう。

それでも。

「それでも、このまま――」

続く言葉はない。しばらく待ったけど、阿久津は時間が止まってしまったかのように動かない。妙な間のせいで、お互いに見つめ合ってしまう。しばらくしてから、

「……ちゃんと、休むんだよ」

さっきの言葉がなかったかのように、阿久津が言った。彼女の持っているペットボトルの緑茶が、ちゃぷんと音を立てた。お互いに視線を逸らした。

「うん」

「体、バラバラになっていたんだから」

「う、うん」

サイダーを一口飲む。阿久津も緑茶を飲んだ。もう、言葉は出てこなかった。

「それじゃあ、バイバイ」

「ありがとう。阿久津。おやすみ」

「寝ないけど。おやすみ」

去っていく阿久津の背中を、見えなくなるまで見送った。それから少し空を眺める。相変わらず雲しか見えない。

玄関の扉を開けて小声で「ただいま」と言う。もちろん返事はない。親とは遭遇しないとわかっているけど、足音を殺して自室に戻った。ベッドの上に腰を下ろして、一息つく。

今日あったことを考える。

揃わないルービックキューブを回し続ける男の子のことを考える。といっても、その子とした会話を反芻(はんすう)するだけで、何かを得られるようなものではない。佐藤のことも考えた。彼女は昨日、自分の能力を制御できなかったらしい。

佐藤は、僕を見てあの能力を生み出した。

自分で食らってみて痛感した。やっぱり僕の能力は、とても危険なものだった。

佐藤に、お前はこんなに危険な能力を他人に向けているんだぞ——って、暴露されたように感じた。それを教えてくれた佐藤に感謝した。彼女が僕の能力を真似してくれなければ、僕は大事なものを見誤ったまま、殺し合いに参加し続けていたと思う。

時刻が朝の七時を回る。

いつものように家族三人で視線を合わせずご飯を食べて、家を出た。

学校に着く。

下駄箱で靴を履き替えて、教室へと向かう。廊下で、阿久津と偶然出会った。さっき別れたばかりなので、変な感じがする。

阿久津は僕を見るなり顔をしかめて、怒ったようにずんずんと近づいてきた。そして僕の顔を覗き込んでくる。恥ずかしくなって、すぐに顔を逸らした。

「まさか学校に来るとは思わなかった。休むと思っていた」

「う、うん」

「顔色は、いい」

「あ、ありがとう」

「無理はしないで」

「でもほら。家にいても気が休まらないから」

「水森も、そうなの？」

「余計なこと言った。ごめん。聞かなかったことにしてくれ」

口が滑った。でも阿久津は、首を横に振った。

「余計じゃない。言えるときに、言えばいいよ」

参ったな。そういう風に言われると、弱い。

「上手く言えなくても、ちゃんと聞くよ。水森が私に、そう言ってくれたんだよ」

「そんなに格好いいこと言ったっけ」

「……言った」

まあ、覚えているけど。気恥ずかしい。

それに僕はまだ、僕自身の悩みを誰かに話す気にはなれなかった。

何も言えずに黙っていると、阿久津はおろおろと両手を動かし、そして、

「……言ってくれたんだよ」

小声で呟いた。


その日、佐藤は夜の公園に来なかった。

僕はといえば、遠巻きに見られているというか、腫れ物に触る感じというか、他の子どもたちから心配されているような視線を受けた。

そんな空気の中で、僕よりも先に来ていた愛田が、真っ先に話しかけてきてくれた。

「よう、水森。俺と再戦しようぜ」

開口一番で殺し合いを申し込まれた。

意図して、軽く喋っている気がする。

「昨日の今日だろ。なあ、試してみた方が良いかもしれないぜ。何かが変わっているかもしれないし。俺ならいくらでも練習相手になるから」

「いや……どうしよう。病み上がりだし。今日はいいかな」

病み上がり、で合ってるよな。さすがに今日は様子を見たい。

「じゃあ仕方ねえか」

愛田は簡単に納得した。愛田が僕に話しかけてくれたことで、場の空気が少し弛緩したのがわかった。

「ありがとう」

僕が言うと、愛田は照れ隠しなのか「なんのお礼だよ」と言って、離れていった。

愛田と入れ替わるようにして、影野さんが僕の隣に立った。

「気分はどうですか。水森陽向くん」

「特に変わりはないです」

「それは良かった。ですが自分の中の混乱を、甘く見ないでくださいね」

微妙に後を引くような言い方だ。

「見ていない……つもりですが」

「今ここで、でいいですから。ルービックキューブを生み出してみてください」

試したことはなかったけど、公園の中央じゃなくても能力は使えるはずだ。だってそこかしこで屋台を出したり土管を出したりベッドを出したりしている人がいるんだから。

影野さんの言うまま、試しにルービックキューブを生み出してみることにした。

虚空に右手をかざした――瞬間。

胃が痙攣した。慌てて口元を押さえる。

吐いた方が楽かもしれないけど、恥ずかしかったのでひたすら耐えた。そのうちに、吐き気が徐々に収まっていった。鼻から息を吸う。ゆっくり呼吸をする。夜の空気を吸いこむとなんとか落ち着いてきた。ようやく体中のこわばりが解ける。涙をぬぐう。

「これは、どういうことですか？」

「そういうことです」

影野さんは答えを教えてはくれない。でも公園の中央に進む前に止めてくれた。それだけでもかなりありがたかった。少し離れたところに立っていた愛田が、慌てた様子でこっちに走ってきた。全部見られていたらしい。

「お、おいおい。大丈夫か？　俺はどうすればいい？」

愛田が言いながらも、背中をさすってくれた。

「秘密にしておいてくれ。たぶん、一過性のものだから」

「大丈夫なのか？」

「ああ」

別に強がっているわけじゃない。本当に大丈夫だし、一過性のものだってことも確信している。治す方法も、たぶんわかっている。わかっていても、立ち向かいたくなかった。ずっと気がつかないフリをしてきた。でももう、何もかもが限界なんだろう。だから僕が潰れる前に、能力が潰れた。

「何かあったら、言えよ」

「ありがとう」

愛田にお礼を言ったところで、誰かの視線を感じた。公園の入り口を見る。

阿久津が立っていた。

いつもよりも遅い。来ないものだと思っていた。

阿久津はゆっくりと近づいてくる。そして僕の顔を見てから、怪訝（けげん）そうな表情をした。

「……顔色、真っ白。どうしたの？」

ルービックキューブを生み出せなかったところは、見られていなかったらしい。愛田が慌てた様子で口を開いた。

「ちょっと立ちくらみを起こしたんだよ。なあ」

「あ、ああ。ちょっと立ちくらみをね」

怪しさ満点の会話だったけど、阿久津は何も言わなかった。代わりに、近くに立っている影野さんを見た。影野さんは、すうっと、何も言わないで消えた。

「逃げた」

阿久津が呟いた。それからもう一度、僕に向き直る。

「本当に大丈夫なの？　まさか昨日の影響じゃ」

「違うよ」

即座に否定したのが怪しかったかもしれない。

「それにしても、阿久津は今日、来るのが遅かったね。どうしたの？」

ムリヤリ話題を変えた。

「……ん。えっと」

　そこで阿久津は、愛田を見た。

「わかったよ。邪魔者は消えますよ。水森、またな」

　愛田は、僕と阿久津から離れて屋台に向かった。阿久津は鋭い目で周囲をぐるりと見回して、近くに誰もいないことを確認してから口を開いた。

「……漫画、捨てられちゃった」

「え？　なんで」

「部屋で読んでいるのが、バレて。それで、こんな物読むなって言われた。それでも私は、お父さんに何も言えなかった」

　阿久津は父親とぶつかれない。机の引き出しの奥底にはもう、『愛と平和と夢と希望』の単行本が隠されてはいない。

　僕は能力を失い、阿久津は秘密を失った。

　梅雨の時期が終わり、七月になった。
　昼間はもう、学校に行くだけで汗ばむような気温になってきた。太陽の光も鋭く、木々の葉を貫いて地面を照りつけているようだった。とはいえ、相変わらず夜は肌寒い。僕は未だに、長袖のウインドブレーカーが手放せない。

阿久津は、六月から夜の公園で半袖だったのに、と思った。

今も僕の目の前で、真っ白い二の腕が残像のようにぶれる。スカートが翻り、そのたびに鮮血が飛び散る。彼女が動く度に、血の匂いが香る。

秘密を失った阿久津は、再び殺し合いに参加するようになった。

リボルバーの少年を殺し、志木幽を殺し、愛田景を殺し、その他の子どもたちを次々と殺していった。前よりも強くなっていた。

鬼神のごとき強さだ。でも他の子どもを殺すごとに、阿久津の中の何かが失われていくように見えた。

そして佐藤は、僕と殺し合ってから公園に来ていなかった。

僕の周囲のあらゆるものが、ぎちぎちと歪んでいるような気がする。

期末テストが始まった。

中間テストのときと同じように、子どもたちは夜の公園にあまり来なくなった。阿久津も来なかった。殺し合いもあまり行われなかった。でも空気はずっとピリピリしていて、全然気が休まらなかった。阿久津が公園にいなくても、その影響力は絶大だった。

阿久津とは関係なく、僕の体調も日増しに悪化していった。何かを吐き出したいけど、それが何かはわからなかった。もしかしたら僕の中の消化されない言葉が攪拌されているのかもしれない。なんとかテストを受けることはできた。

期末テストが終わると、阿久津は再び夜の公園に通い始めた。誰も阿久津を止められなかった。それでも阿久津は、僕を殺し合いに誘うことはしなかった。体調が悪いことを見抜かれていたようだ。テストの返却期間も、あっという間に過ぎ去った。

後三日で、一学期の終業式である。

今夜も連戦連勝している阿久津の対面に、一人の男の子が進み出た。

小学校四年生の滝本蒼衣くんだ。今日も青いパジャマを着ている。彼は、阿久津が殺し合いに復帰してからこれまでずっと事態を静観していたけど、ついに動いた。

今の阿久津を止められるのは滝本くんしかいないと、僕は思っていた。

滝本くんはそれだけ強い。

「今この道は仏の背骨。頭蓋に至り夢を斬る」

そんな滝本くんが物騒な言葉を呟きながら、テレビアニメ『背骨道』の主人公が持っている、両刃の剣を生み出した。滝本くんの身長には不釣り合いの、巨大な剣が月光に映える。

僕の隣に立っている影野さんが、「ふむ」と頷いた。

「『背骨道』のオープニング前に、毎回挿入されていた言葉ですね」

「どういう意味なんですか？」

「それは自分で考えなくてはなりませんよ」

やっぱり答えを教えてはくれなかった。

「私も好きな言葉ですけれど、この言葉のせいで『背骨道』にクレームがついたんですよね。今では別の言葉に差し替えられてしまいました」

世知辛い世の中ですよねえ、と影野さんは寂しそうに言った。そして続ける。

「なぜか『仏殺し』のほうはセーフなんですよね。不思議です」

「影野さんもアニメを見るんですか？」

「見ますよ」

なんて会話をしている間に、公園の中央では殺し合いの準備が整いつつあった。

滝本くんが剣を構える。

対する阿久津が刀を生み出して、鞘から抜いた。それから鞘だけを消滅させた。

「背骨道VS剣道ですね」

影野さんが言った。似たような言葉だけど、同じジャンルではないと思う。そのくだらない言葉を合図にしたわけじゃないだろうけど、阿久津と滝本くんは同時に地面を蹴った。

真正面からぶつかり合う。

剣と刀が衝突し、火花が散った。

僕が初めて夜の公園に来たとき、阿久津と県さんが殺し合っていた。その後、中央に残った県さんと、滝本くんが殺し合うのを見た。だからだろう、僕は阿久津と同じくらいのインパクトを、滝本くんに抱いている。ここに通っている中では最年少の小学四年生であり、それでいて、僕が見ている中では未だに負けたことがなかった。

だから阿久津と滝本くんの殺し合いには、ものすごく興味があった。

僕の能力のようにまどろっこしい展開などなく。

二人は、全力で斬り合っていた。

阿久津が目に見えない速さで刀を振り、一閃、二閃三閃と斬撃を重ねていく。滝本くんはそれを紙一重で躱し、ときには斬られ、ときには受け止める。そしていったん距離を取り直す。滝本くんの剣が光った。アニメ主人公の必殺技『仏殺し』が発動した。渾身（こんしん）の一撃が阿久津を襲う。上から下への軌道。『斬る』という言葉を体現したような、最高の斬撃。避けきれなかったんだろう、阿久津が受け、そのままぶっ飛ばされた。土煙が舞う。血だらけの阿久津がよろよろと立ち上がる。阿久津が血を流している姿を、初めて見た。

全身全霊の斬り合いだった。

滝本くんの、背骨道というアニメが好きだという情熱が、阿久津の剣技に匹敵していた。昼間の世界で斬り合えば、百パーセント阿久津が勝つだろう。身体能力と技術の差はそれだけ大きい。でもこの場では、滝本くんの情熱が、彼の剣速を後押しする。滝本くんの脳裏に描かれているだろうアニメの動きをトレースするように剣が動く。良作画回の動きだ。

阿久津の動きはある程度現実味を帯びているけど、滝本くんの動きはもはやアニメのそれに近い。

滝本くんにも確実にダメージが蓄積されていたんだろう、よろけた。阿久津が前に出る。ここで阿久津は刀を振ることをやめた。構えを変えて、突きの体勢に入る。しかしここで不自然に動きが止まった。滝本くんが体勢を立て直し、さらに剣を振った。またしても阿久津がぶっ飛ばされた。転がるようにして立ち上がる。

刀の軌跡が幾筋もの道を創る。剣の軌跡が、闇を両断するように残る。そのたびに鮮血が舞い、血の匂いが香る。月の光を受けた刀身が輝き、血の飛び散った大地がまだら模様を描く。

二つの剣の狭間で、命が光っていた。

この一瞬に、人間関係の妙がすべて込められていた。

それでいて面倒なところが何もない、シンプルな殺し合いがそこにはあった。阿久津はこういう殺し合いを求めているんじゃないか、と思う。僕なんかじゃなくて。

そう思った直後、阿久津が動いた。

阿久津の刀が、よくわからない軌道を描いた。滝本くんの剣を避けたのだ、と後から気がついた。雷すらも斬った阿久津の剣技が、滝本くんの剣は避けた。あれは斬れないと判断したんだろう。滝本くんが前に出る。チャンスとばかりに剣を振る。

凄まじい光の斬撃が、落ちた。

滝本くんの『仏殺し』が再び発動した。今度は、先の一撃よりも威力が高かった。躱そうとした阿久津の左側の空間をえぐり取るようにして、消し飛ばした。阿久津が倒れた。

地面に一筋の跡が残っている。その跡をなぞるように視線を向けていく。するとその先で、菱形のフェンスが壊れていた。

「え？　あれって壊れる物なの？」

僕が呟くと、

「そりゃあ壊れますよ。直りますけどね」

影野さんがあっけらかんと答えた。初めて聞いたルールだ。いや、ルールというほど大げさなものじゃないかもしれないけど。

夜の公園にはまだまだ僕の知らないルールがあるのかもしれない。ただ、知る必要がないから言われないだけで。

阿久津が立ち上がる。その手に握っている刀が折れていた。刀身の半ばから先がなかった。でも阿久津自身に攻撃は当たらなかったらしい――彼女は無傷だった。問題は、その真正面にいる滝本くんだ。彼は、剣を振り下ろした体勢のまま死んでいた。

首を切り落とされていた。

紙一重の差で、阿久津が勝った。いったいいつ斬ったのか全然わからなかった。阿久津は、折れた自分の刀をずっと見つめていた。

僕の中にある何かが、熱く脈動した。

これこそが本当の殺し合いだと思った。

滝本くんの頭が、元の位置に戻っていく。くっつき、復活する。そして「やっぱりぼくじゃあ、駄目だったか」と呟きながら、公園の中央から下がった。

「阿久津冴絵さんは、水森陽向くんにしか負けませんねえ。それがどういう意味を持つか、わかりますか？」

影野さんが言った。

「いえ、わかりません。阿久津の悩みは難しいです」

「私からすれば、水森陽向くんの悩みも同じくらい難しいですけどね」

そんなことはないだろう。

「滝本蒼衣くんは強い。でもその強さは、阿久津冴絵さんを止めるための強さじゃないんです。彼女を止めるには、同じ深度で悩むしかないんです」

「禅問答ですか？」

「違いますよ。もっと簡単な話です」

影野さんはたぶん、全部わかっている。全部わかっていても、手助けしてはくれない。それはそうか。

自分で何とかするしかない。

でもそれなら、僕にできることってなんだろう。

自分で何とかするしかないのなら、どうして僕たちは他人と殺し合うんだろう。

公園の中央に立っている阿久津が鞘を生み出して、折れた刀を鞘の中に納めた。それから僕の方に歩いてきた。

鞘の中に納められている刀身は折れたままなんだろうか。それとも修復されているんだろうか。

「……勝った」

「うん。おめでとう、でいいのかな」

勝ったことは、めでたいことなんだろうか。こうした言葉一つとっても、難しいと感じる。

「ありがとう。でも、今の戦い方だと、水森には勝てない。あ、そういえば影野さん」

ここで阿久津は、影野さんに話しかけた。

「なんですか？」

「水森は、佐藤さんにやられました、けど。あの試合は中断というか、あやふやなまま終わりましたよね」

「そうですね」

「水森はまだ、最強なんですか？」

「うーん。そうですねえ。佐藤ハイネさんは、自分の能力を制御できてはいませんでしたし、あの殺し合いはいろいろイレギュラーでしたしね。もちろん他の子どもがみんな、自分の能力を制御できているかと言えば、そうではないんですが……」

ここで影野さんは、言葉を探るように間を空けた。

「あの殺し合いはやはりいろいろと危険でしたしねえ。TKOというよりかはレッドカードと言いますか。水森陽向くんを殺した後に、きっちり能力を消すことができていれば、文句なしに佐藤ハイネさんの勝ちだったんですが」

「つまり？」

「水森陽向くんが未だ最強ということに、なりますかね」

「そうですか。良かった」

良かった？

どうして阿久津は、僕が最強であることにこだわるんだろう。僕に再戦して、勝って、もう一度最強の称号を手に入れれば、阿久津の何かが救われるんだろうか。でもそれじゃあ、僕が夜の公園に来る前の状態に戻るだけなんじゃないか？

僕は阿久津に何かを伝えなければならない。でも今のままでは駄目だ。阿久津と向き合うだけのエネルギーがないし、何を伝えればいいのかもまだわからない。

阿久津の背後に視線が行く。

滝本くんが斬ったフェンスだ。その、壊れたフェンスの端と端がツタのようにしゅるしゅると伸びて、元通りにくっついた。

一時的とはいえ、檻は、壊すことができる――。

だから僕は決意した。

決意することが、できた。

日の出よりも少し前に、僕は一人で公園を離れた。

自室へと戻ってきた。

机の引き出しの奥底からルービックキューブを取り出す。そして、この前買ったドライバーを手に取った。

面の中心にあるブロックを外して、その奥にあるネジを緩める。六面全部で同じことをする。すると他の位置にあるブロックも外れるようになる。ブドウの実を房から外すように、ブロックを一つ一つ外していく。

一つ外す度に愛田のことを考え、佐藤のことを考え、影野さんのことを考え、村瀬さんのことを考え、父さんのことを考え、母さんのことを考えた。

全部外し終えると、中からは簡素な骨組みが現れた。

その骨組みを見ながら、阿久津のことを考えた。

そして、外したブロックをメチャクチャな位置にはめ直していった。それから最後に、センターブロック下のネジを締め直す。正しい位置のない、六面が決して揃うことのないルービックキューブが完成した。

回してみる。

「父さんと母さんの仲が良くないのは、なんでだろう」

僕の中にいた男の子は、そう言った。それに対して僕は「わかんねえよ、そんなの」と返した。

カチャカチャ、カチャリ。回す手を止める。

決定的な理由なんてなかった。

父さんと母さんは、徐々に、本当に徐々に徐々に、時間をかけて離れていった。だから言葉にしにくかった。他人に相談できなかった。こんなのはよくあることで、みんなが我慢できていることだった。僕は恵まれている。だから、そんな僕が潰れてもいいわけがなかった。それなのに僕は苦しかった。

夜が明ける。

カーテンを開けて、外を見た。遠くに見える東の山の稜線(りょうせん)から、鋭い光が空へと差し込まれる。夢のような世界から、現実へと切り替わっていく。

太陽が顔を出す。

決定的な理由はあった。

本当は、あったのだ。

――僕という存在そのもの。それが理由だ。

僕を間に挟んで、父さんと母さんは少しずつ、仲が悪くなっていった。時間をかけて歪んでいった。子どもに対する感性の違いが、二人を追い詰めた。たぶん子どもがいなければ、二人は良い夫婦として、死ぬまで仲良く過ごせたんじゃないだろうかと思う。僕に関係ないことならスムーズに話し合える二人が、僕の話題になると途端に険悪になる。それを僕は、ずっと見てきた。

二人なら上手くいくことでも、三人なら上手くいかなくなる。

とても単純なことだった。

僕が生まれたせいで、父さんと母さんの仲が悪くなった。

それが答えだった。

だから言葉にできなかった。

だから小学生の頃の僕は、ルービックキューブを回し続けていた。

だってこのルービックキューブは、父さんと母さんの仲が良かった頃に買ってもらったものだから。これを回し続けていればいつかきっと、仲が良かった頃の家族に戻れると信じていた。

徒労だった。

ルービックキューブは、ただのルービックキューブでしかなかった。家族の仲を元に戻す、魔法のパズルではなかった。

そんなことは最初からわかっていた。

「陽向のために離婚をしないんだ」

その言葉を小学校六年生の時に聞いた。

だから僕は諦めた。

ルービックキューブを引き出しの奥底にしまい込んだ。

それなのに――。

もう一度、手元のルービックキューブを回転させる。

気持ちが悪くなってくる。

僕の家族は、決定的に揃わないパズルだったのかもしれない。

時間をかけて歪んだものは、時間をかけて治すしかない。もうその時間があるとは思えなかった。たぶん歪んでいった時間の、倍以上の時間が必要だろう。そもそも仲が悪くなった根本の原因は僕だ。

もう打つ手がなかった。

だから気がつかないフリをしていた。するしかなかった。

手元の、メチャヤクチャな配置のルービックキューブを見た。視点を変えれば解ける、と父さんは言った。視点の変え方がわからなかった。ここに至っても、僕は父さんの言葉を拠り所にした。

階下で、父さんと母さんの動く音が聞こえてきた。また日常が始まる。

時刻が午前七時を回る。

僕は、決して揃わないルービックキューブを手に、立ち上がった。

一階に下りる。

父さんは居間にあるソファで、母さんはキッチンにあるテーブルでご飯を食べている。背中を向け合う、いつもの光景だ。

僕は二人の真ん中に立った。

「父さん。僕と勝負をしよう」

まずは父さんだけに話しかけた。

「なんだ？」

今までこんなことはなかったから、びっくりしたんだろう、眉根を寄せた表情の父さんが振り返った。母さんも僕を見た。胃の中が回転する。吐き気が増していく。鼻から息を吸った。次の言葉を言うまでに、少し時間がかかった。

「このルービックキューブを、一分以内で完成させるよ。もしできたら、僕の言うことを聞いてほしい」

「何を言っている？　ルービックキューブ？　お前、一体どうしたんだ。これから俺は仕事だぞ」

「勝負をするのかしないのか、どっちなんだ」

「するわけがないだろ。いい加減にしろ」

「このルービックキューブに見覚えはある？」

父さんはそこで、僕の手に持っているルービックキューブを見つめた。そして、

「知らん」

不愉快そうに断言した。

本当に知らないのか、知っていて嘘をついているのか判別できなかったけど、どっちにしたって同じことだった。

「どうしたの、陽向。ねえ、どうしたの」

ここで母さんが僕に話しかけてきた。

「僕は、どうすればいいと思う？」

「何を言っているの？　ねえ！　朝から何を言っているの！」

「そうだ、お前、今日は変だぞ」

父さんが、母さんの言葉に繋げた。

「話があるんだ。父さんと母さんのことで」

僕は言う。でも父さんは、僕の言葉を聞いて不愉快そうに視線を逸らしてしまった。背中を向けてしまった。母さんも視線を僕から外した。朝から面倒なことを言わないで、と僕を咎めるような表情をした。

「話すことはない。夫婦のことに口出ししてくるな」

父さんが、背中を向けたまま、僕を見ないで言った。だって僕を見たら、反対側にいる母さんまで見えてしまうだろうから。

「ちょっと待って。話を聞いてくれ」

胃の中の回転が速くなる。

父さんがテレビの音量を上げた。母さんもスマホを取り出した。僕が何かを言う前から潰しにかかった。僕は最初から諦めていたわけじゃなかった。こういうことを何度も繰り返した結果、諦めたんだと思い出した。

でも僕はもう諦めない。

僕の中にいる僕を、裏切らない。

「話を聞けよ！」

母さんのスマホを取り上げて、テレビに投げつけた。ガシャン！　と、大きな音がした。テレビがぶっ壊れた。スマホもたぶん壊れただろう。さすがに母さんが目をま

ん丸に見開いた。父さんも驚愕の表情で僕を見てから、

「陽向！　お前！」

と叫び、摑みかかってきた。だから殴った。本気で殴り飛ばした。ルービックキューブを握っていた手で殴った。さっき分解したときに緩めたネジがちゃんと締まっていなかったんだろう——いくつかのブロックが外れて、弾け飛んだ。父さんも、居間のソファまでぶっ飛んだ。背もたれにぶつかり、よろけ、でもすぐに立ち上がろうとしたけど、膝をついていた。それから痛そうに顔をしかめて頬をさすった。

「お前に、夫婦の何がわかる。たかだか人生十六年ちょっとしか生きていない奴が、俺たちの関係に口を出す気か！」

父さんが、生きてきた年月を背景にして、怒鳴った。これまでの僕だったら、ここで黙るしかなかった。僕はまだ高校二年生で、親の方がずっと長い人生を生きていて、その背中には歩んできた道を背負っていた。

だから僕には、夫婦のことに口を出す権利がないと思っていた。

けど、そうじゃない。

そういう考え方じゃあ、一歩も前に進めない。

「僕は！　父さんが好きだ。母さんが好きだ。家族が好きなんだ。たとえ上手くいか

なくても、好きなんだ。できれば二人に仲良くしてほしいけれど、無理でも。好きなんだ。僕のことでケンカをしないでくれ。陽向のためにって言葉を使わないでくれ。僕をケンカのだしにしないでくれ。それで。それで。それでも！　僕はちゃんと知っている。二人が、僕のことを愛してくれているって、知っているんだ。僕のせいで、僕のために、二人がすれ違っていったって、知っているんだよ。でも、だから……！　僕はなんのために生まれたんだ？　僕は、生きていてもいいのか？　望まれて、この世界に生まれてきたのか？　なにもわかんねえよ。でも死にたくないんだ。家族が好きなんだよ。どうしようもなく好きなんだよ。なあ、僕は。僕は……どうすればいいの？　どうすればいいんだよ。父さん。母さん」

最初は叫び、最後は泣いていた。声が出ているかどうかもわからないくらい胸がつまって、嗚咽をこらえながらも言った。言いたいことを全部言った。すっきりはしなかった。これですべてが壊れてもいいと思った。でも、すべてを吐露してみてわかることもあった。結局、自分の言いたいことは、どこまでいっても家族を愛している、ということだった。

父さんも母さんも、何も言わなかった。表情が固まっていた。

誰も動かない、誰も喋らない時間が過ぎた。

僕は自室に戻った。殴った右手が痛かった。人を殴ったのは初めてだった。殺し合いよりも大変だった。右手が骨折しなかったのは、たぶん父さんの顎に当たったのがルービックキューブだったからだろう。ブロックがいくつか外れたルービックキューブを見つめる。胃の中の回転が、いつの間にか止まっている。

階下から、ガタガタと物音が聞こえる。話し声は聞こえてこないけど、父さんと母さんが居間にいるのはわかった。その日、僕は学校に行かなかった。果てしなく疲れていた。ベッドに倒れ込んで、階下の音に耳を澄ます。

こんなときでも父さんは仕事に行った。もしかしたら病院かもしれない。母さんはパートに出た。

僕は家の中で一人、ベッドの中でずっと横になっていた。

壊れたルービックキューブを握ったまま、いつの間にか眠っていた。

目が覚めると夜になっていた。時刻は午前一時五分だ。つまり十八時間くらい寝ていたことになる。父さんと母さんは、ちゃんと家に帰ってきていた。夢うつつながら、気配は感じていた。でも僕の部屋に入ってくるようなことはなかった。枕元には、ブロックの数が足りないルービックキューブがある。

時間が進む。時計の針が動く。

時刻が午前四時を過ぎたところで確信した。

僕は今日、夜の公園に呼ばれなかった。父さん母さんと同じ時間、同じ空間を過ごした。朝日が昇り、午前七時になった。

丸一日、食事を取らず、トイレにも行かず、横になっていた。さすがに立ち上がることにした。体が重い。

少し迷い、結局は居間に行くことにした。

テレビがなかった。それはそうだ。僕がぶっ壊したんだから。

それよりも。

父さんと母さんが、同じテーブルに座っていた。父さんの頰には絆創膏が貼られていた。

「おはよう」

僕が言うと、二人はもごもごと同時に口を動かそうとして、結局は何も言わなかった。

二人の対面に座る。ご飯を食べた。甘かった。

「陽向……これ」

父さんが、ルービックキューブのブロックを僕に渡してきた。昨日父さんを殴ったときに外れたブロックだ。それを受け取る。

自室に戻った僕は、そのブロックをルービックキューブにはめなかった。ルービックキューブ本体を、引き出しの奥底にしまうことも止めた。本体を机の上に置いて、外れたブロックはその近くに並べた。それからもう一度、ベッドの中で横になった。

夢の中に埋まるくらい眠った。

両親とぶつかってから、ひたすら眠った。

二日間、学校にも夜の公園にも行かなかった。

そして三日目の朝。

今日が、一学期の終業式だってことを思い出した。別に出なくてもいいんだけど、さすがに三日も寝続けるのは体に悪いと思ったので、登校することにした。

教室に入り、自分の席に着くと、すでに登校していた大也がいじっていたスマホから視線を上げた。

「お、ヒナタじゃん。あの事件でショックを受けて、休んでいたのか？」

「あの事件？」

「え？　知らないのか？　マジで？　テレビとかスマホとか見ねえのかよ」

「う、うん」

僕はテレビをあまり見ない。自室にテレビがないし、居間は居心地が悪いので長居しない。それに居間のテレビも壊してしまった。スマホもそれほど見ないので、時事にはうとい。

「お前好きだって言ってたろ。『愛と平和と夢と希望』っていうデスゲームの漫画。あれに影響を受けて、マジに人を殺した高校生が逮捕されたんだって」

「はあ⁉」

V

終業式が始まった。

壇上で校長が喋っている。でも言葉が届いてこない。

朝一番に大也とした会話が、頭の中を占有している。


三日前の深夜のこと。

ある地方都市――もちろんこの町とは何も関係ない都市の高校生が、同級生三人を刺殺した。その高校生は『愛と平和と夢と希望』という漫画に影響を受けて、同級生を刺したと証言している。その高校生の周囲でいじめなどのトラブルがなかったか、現在詳しいことを調査中である――。

「昔だったらすぐに漫画を規制しようとか、そういうオタク批判に繋がったんだろうけど、最近はそういう風潮も下火だな。かといって、ないわけでもない」

大也が詳しく教えてくれた。

「僕が寝ている間にそんなことが……」

「オレはてっきり、ヒナタもこの事件にショックを受けたのかと」

「いや、休んだのは偶然」

「最近急に、物凄い勢いでブームになったからなあ。嫌な予感がしてたんだよ」

そういえば父さんも、少し前にテレビで特集を見たと言っていたっけ。

「夜のニュースでも年配のコメンテーターがありがちなこと言ってたぜ。こういう漫画があるから、子どもたちが影響を受ける、とかな」

年配のコメンテーターは、まあそういうことを言うだろうな。そこは別にどうでもいい。

「大也は、どう思う?」

「オレ? オレは、そうだな。オレもあの漫画好きだから、怒りしかねえな」

「怒り?」

「そう、怒りだ。悪目立ちして、最悪だぜ。作者のメンタルが心配だ。後は、まあそういうことを抜きにしても、オレには信じられない事件だな」

「信じられないって?」

「オレにだってムカつく奴の一人や二人や十人や百人はいるさ。殺してやりたいって思うこともある。でもさ、実際に殺すかどうかは別問題だろ。つーか、普通は無理だ。どうして人を殺せるのか、オレにはさっぱり理解できねえよ。人を殺せる人間と、そうじゃない人間には、超えられねえ壁がある」

「……………」

なぜだろう。少し傷ついた。

「ヒナタ？」

「ああ、いや。そうだな。その通りだ」

「……おい。そう思ってないだろ。言いたいことがあるのなら、誤魔化さずにちゃんと言え」

「いや……ごめん」

「謝ってほしいんじゃない」

「自分でも、なんて言っていいのか、わからないんだ。でも、言葉にするなら……そうだね。僕は他人事のように思えないんだ。その、大也の言った壁は、超えられないわけじゃない、と思う。誰もが人を殺す可能性がある、と思う。可能性だけなら誰にでもある——という言葉遊びがしたいわけじゃなくて、その、もっとこう……」

「言いたいことはわかった」

そもそも壁なんてない、とすら、僕は思う。夜の公園に通っているからそう思うのか、それとも夜の公園とは関係なくそう思うのかがわからなかった。無意識のうちに、自分を擁護しようとしているのだろうか。

「でもその考え方は、わからない」

大也が続けた。

「……そうか」

「んで、もう一つ『でも』とひっくり返すよ。ヒナタが言うんだ。オレも少し考えてみる」

「あ、ありがとう」

「考えるだけなら、タダだしな」

大也はいつも、変な空気にならないように気を使ってくれる。

「な、なあ。作者はなんて言っているんだ？」

僕が訊くと、大也がうむむ、と唸った。

「ノーコメントだよ。そりゃそうだ。こういうのは関わるだけでマイナスだ。作者にはまったく関係がないし、責任もねえだろ」

「そこは同意見だ」

作者にはまったく関係がない。責任もない。そこは大也と同じ意見だった。たとえば僕や、僕の周りの人は、『愛と平和と夢と希望』を読んで、そこから大事な何かを得ているような気がする。単純な犯罪助長漫画ではない。ないんだよ。

じゃあ、その高校生はどうして人を殺したんだろう。

人を殺すような人間が、人を殺した。ただ、そいつがそうである——ということ。そいつに自分を重ね合わせても意味はないし、そもそも重ね合わせる理由もない。共感する要素もまったくない。というか、僕は犯人のことを何も知らない。でも同時に、完全な他人事として扱うのも違う気がした。

気持ちの悪いもやもやが、胸の奥で引っかかる。

僕はこのもやもやを、きちんと言葉にしたい。

「オレとヒナタは、違う人間だ。当たり前だけど、ときどき忘れちまう」

「そうだね」

陰キャと陽キャ。リア充とオタク。大人と子ども。昼と夜。光と闇。善と悪。そこら辺に対立軸を求めたら、大事なことを見誤ってしまう気がする。

良い奴は良い奴で、嫌な奴は嫌な奴で、怖い奴は怖い。ただ、そいつがそうである、ということ以上に意味はないと思う。

僕は、大也が大也だから、友達になった。

改めて、そのことを実感した。

午前中で終業式が終わった。

阿久津のクラスへ行くと、愛田がちょうど教室から出てくるところだった。

「よう、水森」

軽く挨拶された後、小声で、

「ここ二日ほど、公園に来なかったな」

訊かれた。

「まあ、ね。ちょっとね、うん」

「そういえば阿久津も、二日前から公園に来ていないな。学校にも来ていない。水森、なんか知らないか？」

「いや、知らない。ちょっと詳しく教えてくれ」

すると愛田の隣に、派手目なギャルっぽい女子がやってきた。以前、駅で話をした百瀬希だ。

「ちょっとごめん。俺、水森と話があんだわ」と愛田は百瀬に言って、先に行かせた。百瀬は軽く会釈をして、「ありがとう」と僕にだけ聞こえる声で囁いた。なんのお礼なのか、よくわからなかった。

愛田は、百瀬が去っていく背中をずっと見つめていた。それからしばらく黙って、周囲に人がいないことを確認してから口を開いた。

「詳しくも何も、それ以上の情報はねえよ。水森と同じタイミングで休んだから、理由を知ってるかと思ったんだよ」

「知らないよ」

たぶん。

でも僕と同じタイミングだというのが気にかかる。単なる偶然だろうか。

「佐藤と県さんは、どう？　来た？」

「いや、その二人も来ない」

そっか。僕がいない間にあるいは……と思ったけれど、現実はそう甘くない。

愛田が心配そうに僕の顔を見る。

「吐き気はどうだ？　大丈夫か？」

「ああ、うん。たぶん。少し良くなったよ」

「それは良かった」

愛田が安心したように息を吐いた。それから教室の中を覗き込んで、壁掛け時計を確認した。

「ごめん。水森。俺、女の子待たせてるから。そろそろ行くわ」

「ムカつくセリフだな、それ」

愛田は笑った。それから歩き出そうとした足をいったん止めた。

「彼女を待たせるとか、少しだけだけど、できるようになったんだ」

待たせるとは言っても、遅刻をしたとかそういうことじゃない。

僕は愛田と一分も話していない気がする。でもそれをできるようになるまでに、愛田はとても苦しんだ。百瀬は、愛田の苦しみをある程度理解していると感じる。だから上手くいくような気がする。いや、わからないけれど。上手くいけばいいのにと思う。

「愛田は、誰が夜の公園を創っていると思う?」

ふと、訊いてみた。

「知らねえよ。興味もねえ。そういうの気にする奴って、初めて見たよ」

他の人は気にならないんだろうか。まあ、夜の公園それ自体は悪いものじゃないってわかっているし、そこを考えるよりもまず、自分のことを考えなければならないってことなんだろうけど。でも僕は、自分のことと同じくらい、夜の公園の謎が気になる。

でも、まあ、そうだな——と愛田が言った。

「意外と『愛と平和と夢と希望』の作者みたいな奴が、夜の公園の創始者だったりしてな。あの漫画、感性が似ているような気がする」

確かに似ているかもしれない。

「それじゃあ、俺はもう行くわ。ありがとな。また俺と話してくれよ」

「そんな風に断らなくても話すよ。愛田。またな」

「ああ。またな」

わからないことが多すぎる。

誰かに相談したかった。

今日は終業式だから、もしかしたらいないかもしれないけど、音楽室へと向かった。

扉を開けると、ピアノを弾いていた村瀬さんが、ぱっと顔を上げた。音が止まった。けど、それまで村瀬さんが弾いていたピアノの音が漂っているような暖かい空気が、周囲に満ちていた。

日の光が窓から差し込んでいる。

「あ、水森くん。久しぶり」

村瀬さんは立ち上がり、僕を出迎えてくれた。椅子に座ろうか迷い、結局は立ったまま話すことにした。村瀬さんも、立ったままでいてくれた。

「お久しぶりです。村瀬さん」

「来てくれて嬉しいよ。まだ記憶はちゃんとあるからね。で、今日はどうしたの？」

「あの……村瀬さんは『愛と平和と夢と希望』っていう漫画、読んだことありますか？」

にこにこ笑顔が、少し固まった。合点（がてん）がいったようだ。

「うん。読んだことあるよ。結構好きだね」

「事件のことは……」

「知っているよ」

村瀬さんは、余計な催促をせず、黙って僕の言葉の続きを待ってくれる。

「僕の友達が、その、『人を殺せる人間と、そうじゃない人間には超えられない壁がある。自分には理解できない』というようなことを言ったんです。村瀬さん。僕は……僕たちは夜の公園で人を殺しますよね。生き返るけど、でも殺します」

「うん」

「村瀬さんと初めて出会ったとき、僕たちは、現実の、昼間の世界で簡単に人を傷つけてしまえるわけじゃないって言いましたよね」

「言ったね」

「僕だってそう思います。でも僕たちは、本当に人を殺してしまう人と、どう違うんですか？」

夢のような世界とはいえ殺し合う。

生き返るとわかっていて殺し合う。

その一方で、昼間の世界で本当に人を殺してしまう子どもが、いる。

なにがどう違うというのか。

「何も違わないよ」

と村瀬さんは言った。

「まず、最初に言っておくけれど、夜の公園に通っている子どもたちと、本当に人を殺してしまう人は、全然違う。これはもう決定的に違う。だけどね、それでもぼくは本当に人を殺してしまう人と、そうじゃない人に違いはない、とも思うよ。夜の公園に通っているか否か、という線引きではなくてね。『人を殺す人』と『それ以外の人』という線引きが、そもそもないんだと思う」

矛盾しているけれど、と村瀬さんは困ったように言った。

「自分は絶対に人を殺さないって思っている人が、ぼくは一番怖いよ」

「じゃ、じゃあ大也は」

「大也？」

「あの、僕の友達です」

「なるほどね」

村瀬さんは頷いた。

「水森くんの友達には悪いけど、自分は絶対に人を殺さないと思っている人と、自分は絶対に人を殺すと思っている人は、似ている気がする」

どちらかと言えば、僕も村瀬さんの意見に近い。

「だって、自分は絶対に人を殺さないと思っている人は、弱い人や間違えた人を許せないような気がするから」

「なんとなく、わかります」

「あ、でもぼくの言うことが絶対に正しいわけじゃないから。これは自戒を込めて言うけどね。夜の公園に行くような子どもたちは、繊細な人が多い。でも自分の感性を信じすぎると、その感性が、相手に対してマウントを取るための道具に成り下がってしまう。そうなったら、それはもう繊細な感性ではないよ。県の知識がそうなってしまったようにね」

県さんは、自分の知識を、マウントを取るための道具にした。

感性も同じことなんだろう。

自分は繊細なんだ、と思ってしまったらもう、その人は繊細じゃなくなってしまうのかもしれない。

「大也の言うことを簡単に否定するようになったら、きっと僕は終わりなんだと思います。あいつはあいつで、僕の指針です」

「それでいいと思うよ」

僕は、大也の前向きな強さに何度も救われてきた。でも、今日のように違和感を覚えるときもある。前向きすぎる。強すぎる。そう思うときがある。大也もきっと、僕に対して後ろ向きすぎると思っているに違いない。

僕の感性は、きちんとバランスが取れているんだろうか。大也のような人がいてくれないと、わからない。僕が自分の感性を信じるとしたら……それは、自分自身のことをここまで追い詰めたという部分だろう。

「水森くんって、もしかして阿久津さんに勝った？」

村瀬さんが話題を変えた。

「どうしてそれを？」

「君たち二人が一緒にいるところをよく見るからね」

そうか。そりゃわかるか。

ここで村瀬さんは珍しく「……あのさ、水森くん」と言い淀んだ。

「県は、負け続けた。ぼくはそんな県を助けられなかった。阿久津さんは勝ち続けた。それは負け続けるのと同じくらい、まずいことだ」

方向性が違っても、行きすぎれば破滅するところは同じだと、村瀬さんは言っている。

「でも水森くんは、阿久津さんに勝った。そこにはやっぱり意味があるよ」

「……意味ですか？」

「誰かを救いたいって想いは、ともすれば傲慢になってしまう危険性がある。自分を救うこともできないのに他人を救おうだなんておこがましいとすら、思う。でも、それをわかっていても、どうしても人を救うために動かなければならないときが、来る。きっと来る。そのときは、迷わずに阿久津さんを助けてあげて」

その言葉に僕は、簡単には頷けなかった。村瀬さんも返事を強要しなかった。

沈黙が長く続いたからだろう、

「県は、まだ夜の公園に来ていないんだってね」

村瀬さんがまた話題を変えてくれた。

「はい」

「夜の公園は、高校三年生までだ。なぜなのかはわからない。県がこのまま行かなかったから、どうなるんだろう。卒業することなく——何も掴むことなく、自然な流れで通えなくなってしまうんだろうか」

「どうして高校三年生までなんでしょう」

「わからない。一つの区切りなのかもね。それ以上の年齢には、それにふさわしい救いの場があるのかもしれない……というか、あってほしいとぼくは思うよ」

「そうですね」

僕も、あってほしいと思った。

「県がまた夜の公園に通うことになっても、ぼくが助けることはできない。誰にもできない。自分でなんとかするしかない。自分の未来は、自分の手で摑み取るしかない。同時に、他人の力が必要だとも、思う。自分一人で何とかできるのなら、他人と殺し合う必要はないんだから」

「そもそも、どうして僕たちに殺し合いが必要なんでしょうか」

「ぼくにはわからなかった」

村瀬さんは、そう答えた。そして「でも」と続けた。

「自分のことだけで精一杯の子どもたちが通っているし、実際、自分の力でどうにかするしかないんだけど、それでも、自分だけじゃどうにもならないってことをあそこは教えてくれている気がする」

難しい。でもなんとなくわかる気もする。

「またおいで。用事があっても、なくてもね」

村瀬さんの笑顔に送り出されて、廊下に出た。

とたんに空気がひんやりとした。

一人の下校で、歩きながら考える。

阿久津は二日前から登校していない。今日も学校に来ていなかったと、愛田は言った。僕と同じタイミングで、夜の公園にも通っていない。考えていると、あることを思いだした。阿久津は以前、父親に『愛と平和と夢と希望』の単行本を捨てられた、と言っていた。そして三日前に、漫画に影響を受けて人を殺した高校生が話題になった。

タイミングが重なったのは僕じゃない。

漫画の方だ。

いてもたってもいられなくって、走った。スマホで連絡をすることはできない。僕は阿久津の連絡先を知らない。

最初は阿久津の家に行こうと思ったけど、少し考えて方向転換した。

何もない、あの公園にいる気がする。

なぜかそう思った。違っていたならそれでいい。他の場所を探せばいい。見つからなくても、それはそれでいい。会えないのならそれまでだし、なんなら会えるまで探せばいい。とにかく走った。

公園内に足を踏み入れた。

阿久津がいた。

空を見ていた。

制服姿ではなかった。細身のパンツルックだ。モノトーン系でまとめている。足音に反応したのか、視線を空から僕に移し、目をまん丸に見開いた。

「……水森？」

「うん」

頷いた。それだけで僕がここに来た理由が伝わったらしい。

「漫画のタイトル、お父さん、覚えていて」

「うん」

「ほれ見たことか。こういう風になりたくなければ、良い物を読めって怒られて。それで初めて、口答えした。そういうことを言う前に読んでみろ。私がどういう想いで、これを読んでいるのか考えてみろ――って言って」

不自然だと思えるくらいの間を空けてから、阿久津は続けた。

「……殴られた」

「ええ？」

「ビンタだから、殴られたんじゃなくて、張り倒された、かな」

なぜか律儀に訂正してくる阿久津だった。

その頬をよく見たら、確かに少し、赤く腫れていた。

「お父さんの怒りは収まらなくて、私を無視するようになった。お母さんはおろおろするばかりで、結局、私の味方をしてはくれなかった」

僕が親を殴ったのとほぼ同じとき、阿久津は父親に張り倒されていた。

「こうして学校をサボっても、何も言われない」

「うん」

「……私、ぶつかり方を間違えた」

僕の場合は、劇的に良くなったわけじゃないけど、何かが前に進むきっかけにはなった……はずだ。そう思いたい。たとえば朝と夜、同じテーブルでご飯を食べるようになった。それだけでも大きな進歩だった。

でも阿久津の場合はそうじゃなかった。父親に刃向かって、事態がより悪くなったと阿久津は感じているみたいだ。

思えば、僕は自分の大事な物であるルービックキューブを手にして立ち向かえた。でも阿久津の大事な物である『愛と平和と夢と希望』の単行本は、捨てられてしまっていた。

引き出しの奥底に隠している物。

それを手にしていたかどうか、という差が重要なのかもしれなかった。

「僕は父さんを殴ったよ」

「……え？」

「父さんを、殴ったよ」

「どういうこと？」

「なんか、家族間に妙な閉塞感があってさ。このままじゃ潰れちゃうと思っていたんだけど、何もできなくて。父さんと母さんは、僕の言葉を全然聞こうとしないし。僕が何かを喋ろうとすれば、絶妙な間で、絶妙な言葉の使い方で反論を封殺してくるんだ。だけど阿久津と……公園のみんなと関わって、このままじゃ駄目だと思って、それで殴った」

すらすらと言えた。でも言葉にしてみたら不遜だったし、思っていたよりも軽くなってしまったような気がする。事情を知らない人には「そんなことで？」って言われるかもしれない。

でも、ようやくここまで喋ることができた。

「お父さんを殴って、その後どうなったの？」

「何かが変わった。たぶん、良い方に」

「そうなんだ」

「僕は運が良かったんだと思う」

「それじゃあ私は、運が悪かったの？　運の善し悪しで、家族と上手くぶつかれるかどうかが決まるの？　頑張っても無意味なの？」

「いや、そういうことを言いたいわけじゃない。けど」

「……そうじゃん」

確かに、そう受け取られてもおかしくない言葉だった。

「水森が上手くいったのは、水森が頑張ったからだよ。頑張って、考えたからだよ。考えて考えて、考え抜いて、それでぶつかったからだよ。運が良かったなんて言うなよ」

「僕は、そんな」

「どうして謙遜するの？」

「そういうつもりじゃない。運が良かったっていうのは……タイミングとか家族構成とか、いや、もう。自分でも上手く言えないよ。でも自分の力だけで上手くいったとは思えないんだよ」

ここは昼間の公園で。

周囲にはフェンスしかなくて。

僕と阿久津は、公園の中央で、殺し合う代わりに言葉をぶつけ合っていた。

「……ごめん。八つ当たりした」

「僕の方こそ、ごめん。無神経だった」

急にテンションが下がる僕と阿久津だった。慣れていないことをしたからだろう、なかなか次の言葉が出てこない。

しばらくしてから阿久津が口を開いた。

「でもやっぱり、水森が上手くいったのは、偶然じゃないよ。偶然じゃない。私とは違うんだよ」

だから、と阿久津は続ける。

「私も強くなりたい。お父さんに立ち向かいたい」

「それが阿久津の願いなのか？」

「そうだよ。そのはずなんだよ」

そのはず、か。

「そうしないと戦えない。この町と、伝統と、受け継いできたものと——お父さんと、真正面からぶつかれないんだよ」

阿久津は、それだけ強大な背景と戦おうとしている。でも相手の権威が強大なだけだったら、ここまで悩むこともなかったはずだ。

阿久津は、伝統やこの町を破壊したいわけじゃないんだろう。

「水森は、まだ最強だよね」

答えにくい。僕自身は違うと思っている。

「たとえば僕に勝つことができたら、阿久津は夜の公園を卒業できるのか？」

「それは、わからない。でも違ったら怖い。違ったら、もう私には、どうすればいいのかわからない。強くなれたら水森に勝てるの？　それとも、水森に勝てたら強くなれるの？　考えれば考えるほど、わからなくなる。でも、強くなりたいの。だって、弱いと誰も認めてくれないから」

「……………」

「ねえ。私はどうすればいいの？」

阿久津は僕に問いながら、返答を求めるようなことはしなかった。この沈黙の中に、お互いの答えが隠されているような気がした。でもたぶん、僕と阿久津の答えは同じじゃない。

「阿久津。今夜、僕と殺し合ってください」

「……え？」

聞き返された。

「今夜、僕と殺し合ってください」

「いや。だって。その。まだ無理だよ。今やっても、意味がないよ。前と同じになるだけ」

「ならないよ。絶対に」

そう信じることができる。

それに今ならきっと、僕も能力を使うことができる気がする。

「で、でも。また負けたら、私はもう……生きていられない」

重たい言葉だった。

阿久津はそこまで追い詰められているのか。だったら尚更、ここで放っておくわけにはいかない。

「僕は変わった。でも阿久津だって変わったよ。僕に、たくさん話をしてくれた」

「でも、本当に言いたいことを、まだ言えていない気がする」

「だから殺し合おう」

「だから？」

「うん。本当に言いたいことを探すために、殺し合おう」

そこで阿久津は、目を伏せた。

時間が経ち、再び目を上げたときには僕をはっきりと見据えた。

「確かに。これ以上先延ばしにしていたら、水森は卒業しちゃうかもしれない」

「まだまだ先だよ」

「そんなこと、ない。明日のことは誰にもわからない」

自分は卒業できるという確信が持てたとき、自然に夜の公園を卒業していく。でも僕は、阿久津や佐藤のことが気にかかっている。二人を置いて卒業するとは思えなかった。愛田や志木幽、志木仄も気になる。滝本蒼衣くんとは話したことがないけれど、彼のことも気になる。佐藤は、あれから夜の公園に来ていない。県瞬さんも、そうだ。来ていない。自分のことだって、まだまだ満足にはほど遠い。

けど、確かに未来のことはわからない。この先、自分の心がどう動くかなんて、予想のしようがない。極端なことを言えば、僕が明日、いきなり死んでしまうことだってあるかもしれない。

卒業は、まだまだ先では、ないのかもしれない。

「だから、お願いします」

阿久津が頭を下げた。

思えば、自分の意思で誰かを殺し合いに誘ったのは、これが初めてだった。

「今夜は何かがある、と感じたんでしょうね。この公園に通っている子どもたちの全員が、今ここに集結しています」

影野さんが言った。

僕と阿久津が公園内に足を踏み入れたときにはもう、他の子どもたちが揃っていた。数えてみれば、いつもよりも十人ほど人が多いかもしれない。たぶん六十人は下らない気がする。普段、まったく見かけたことのない人も何人かいた。

この人数が、僕の通っている、この場のフルメンバーなのか。

屋台の数もいつもより多い気がする。他にもごちゃごちゃとよくわからないオブジェが散乱している。

屋台で食べ物を売っている人。飲み物を配り歩いている人。ベッドで寝ている人。リボルバーを点検している人。土管の上に座っている人。様々な人がいる。

志木幽がこちらに手を振ってくる。

志木仄はスケッチブックを膝の上に置いて、すでに準備万端だ。

滝本蒼衣くんが青いパジャマ姿で腕を組んでいる。小学四年生なのに貫禄を感じる。

愛田景が空を飛び回り、たった一人の特等席を確保する。

佐藤がいた。いてくれた。彼女の胸元には、ジグソーパズルのピースを象ったネックレスが揺れていた。佐藤は僕を見てから、頭を下げてきた。僕は、謝らなくてもいいよ、と口を動かした。伝わったのか、佐藤は気まずそうに笑ってくれた。

そして県瞬さんがいた。

人垣から離れた公園の隅に立っていた。来てくれたんだ。向こうが僕のことを覚えているかはわからない。僕に言えることなんて何もない。でも来てくれたというだけで、嬉しかった。

今日の夜空はどこか広い。冴える月光が、熱気に包まれる集団を照らす。僕と阿久津が公園の中央に進み出ると、周囲のざわめきが止んだ。誰も言葉を発しない。静かな興奮が、時間と共に高まっていくようだった。

それでいて公園を取り巻く夜気は、夏とは思えないほど冷たい。

僕は阿久津を見る。阿久津も僕を見た。

視線が交わった。

阿久津は昼間のパンツルックから、わざわざ制服に着替えていた。

制服姿が、一番しっくりくるのかもしれない。

対峙するのはこれで二回目だ。隣にいると忘れてしまいそうになるけれど、圧倒的とでも言うべきオーラが阿久津を包み込んでいる。何かに悩んでいても、阿久津は阿久津だ。生き物としての強さが桁違いだと感じる。服の上からでも、しなやかな筋肉がわかる。本能的な恐怖を呼び覚ますようなシルエットが、ゆっくりと動く。

阿久津が刀を生み出し、鞘から抜く。それから鞘だけを消した。

僕も、虚空に右手を伸ばした。

——胃の中は回転しなかった。

夜空が、僕の右手の中に収まっていくように感じた。凝縮された宇宙がルービックキューブへと形を変えていく。

開始の合図はなかった。

阿久津が動いた。

動くとなれば、躊躇はなかった。流れるような動きで接近してくる。音がしない。蛇や猫を連想した。振った刀に斬られるようでは意味がない。僕は簡単に負けるわけにはいかない。ルービックキューブをいくつも生み出した。それらがバラけて、僕の周囲を覆った。喉の部分にだけ穴が空く。阿久津の動きが止まる。突きを打とうとして、やはり動けず止まってしまう。

阿久津は動きを変えて、何度かムリヤリ刀を振ったけど、そのどれもが歪んだ太刀筋を放ちながら、中途半端に消えていった。

このとき阿久津にしては珍しく、刀の鍔の部分をルービックキューブにぶつけた。鍔が割れて、からんと落ちた。そして阿久津は何歩か後ずさり、止まってしまった。

ここまでは前回のおさらいだ。

阿久津は動けない。

さあ、ここからだ。

僕は初めて、完全に自分の意思で能力を使う。

ルービックキューブの鎧を解いた。周囲を覆っていたブロックが落ちる。無防備な状態を晒す。阿久津は、それでも動かなかった。呼吸が荒いし、冷や汗が止まらないのも見ていてわかる。刀を持つ手も震えていた。切っ先が、僕の喉の部分から外れている。

僕は、その切っ先の少し下を握った。刃の部分を握りしめた。

痛くなかった。夜の公園だから触れられる場所だった。強く握りしめると、血が流れた。刃を伝う。刀身の光を赤色が塗りつぶしていく。

流れる血が、割れた鍔の部分まで落ち、さらにその下の——柄を握る阿久津の手を濡らした。阿久津の両手が、真っ赤に染まった。

阿久津が自分の両手をじっと見つめた。

「どうして突きを打てないんだろう」

阿久津が言った。

「どうして人とまっすぐぶつかることができないんだろう」

心の奥底にある言葉を吐き出す。

「どうして水森に勝てないんだろう」

さらに続ける。

「どうして水森に勝ちたいんだろう」

言葉が変わる。

「勝ったところで、どうだっていうの？」

僕は何も言わない。

「なんか、もう、よくわからないよ」

そして阿久津は黙った。

阿久津は、夜の公園に来てから勝ち続けた。そして僕に負けた。僕に勝ちたいと言った。勝ち方がわからないから、友達になってくれと頼んだ。僕が佐藤と殺し合った後、まだ僕が最強であるかどうかにこだわった。でもきっと――彼女の心の動きは、まっすぐに出力されたものじゃなかったんだろう。

だから突きを打てないんだろう。

強くなりたいと阿久津は言い続けていたけれど。

強くあり続けることに、疲れていたのかもしれない。

僕はまだ、刃の部分を握っている。もう一度、強く握りしめた。刃が砕けた。僕の右手がいきなり強くなったわけじゃない。阿久津の刀が、いきなり脆くなったのだ。さらに砕けた部分からヒビが広がり、そのヒビはパキパキと音を立てながら持ち手の部分まで浸食していく。

刀のすべてが砕けた。

阿久津の両手は、刀を握っているときの形のまま止まっていた。その手は僕の血で真っ赤だ。

今がそのとき、なのかもしれない。村瀬さんは言った。傲慢になるとわかっていても、人を救わなければならないときが来ると。僕はまだ、僕自身の悩みを完全に解消したわけじゃない。だから、誰かを救おうなんて思えない。

でも——今なんだ。今しかないんだ。

本当に大事なことは自分で考えるべきだ。

本当に大事なことは自分で答えを出すべきだ。

本当に大事なことは自分の言葉にするべきだ。

どれも正しい。正論だ。でも人は弱い。阿久津にだって弱さがある。

横目で、人垣から離れて立っている県さんを見た。彼が今日、ここに来てくれている。そこにはきっと、意味がある。県さんは矛盾した態度でしか自分の辛さを訴えることができなかった。

県さんは負け続けた。阿久津は勝ち続けた。

そんな阿久津に、僕だけが勝てた。

僕だけがその言葉を言える。いや、そうじゃない。本当は、阿久津の両親だけが言える言葉だったんだ。でも阿久津の親は、きっとその言葉を言ってあげられない。いや、知らないけど。でも言ってあげられなかったから、阿久津は今ここに立っているんだと思う。だから僕が言うしかなかった。

強さを追い求めている阿久津の矛盾。彼女の本当の願い。

息を吸って、吐いた。

「弱くてもいい。僕は、阿久津の弱さを肯定する」

これが僕の出した答えだ。

阿久津は強くなりたいわけじゃない。

ただ、弱さを認めてほしかったんだと思う。

「弱いままで、いい?」

言葉の意味を確認するように、阿久津は呟いた。

「ああ。弱いままでいい」

「強くなくても、許してくれるの?」

僕は、自分の拳を握りしめた。無性に腹が立って仕方なかった。でも僕が阿久津の親に対して怒るのは、お門違いだとわかっていた。そうやってなんでもわかったような気になって、諦めてしまう自分のことも嫌いだった。僕は何もわからないし口を出す権利もない——と、そうわかっている。でもこの理解の仕方は、ある種の逃げでもあった。

だから。傲慢でも、無責任でも、なにもわからなくても、今——僕は言う。

「許す。許すよ。弱くてもいいんだ。もっと甘えてもいいんだよ」

「そうなの？」

「そうだよ。人はそんなに強くない。阿久津だって、そうだ。弱い部分がある。あっていいはずなんだ。だから僕は、阿久津の弱さを認めるよ」

「……私の、弱さ」

阿久津は何度も何度も頷いた。自分の心と対峙しているんだろう、その瞳から色が消えていった。より深い場所に潜り込むように、息を止めていた。長い時間が過ぎた。長い長い沈黙が過ぎ去った。阿久津はずっと黙っていた。

そしてもう一度、最後に確認するように、

「ねえ、水森。私は、弱くてもいいの？」

言った。

「ああ。阿久津が負けてしまっても。負け続けても。立ち直れなくても。強くなれなくても。僕だけは肯定する」

阿久津の瞳に色が戻った。そして、

「ありがとう」

と言った。

力が戻ってきた。むしろ前よりも鋭い殺気を放ち始めた。周囲の空気が押し出されるようにして広がっていくのを感じる。阿久津の殺気が、夜空を埋め尽くしていくのがわかる。

今まで見たことのない力が、目覚めようとしていた。

オセロですべての色をひっくり返されたような感覚に陥る。僕の周囲には、僕の味方をしてくれる空気がない。満ちているのは阿久津の殺気だけだ。夜の公園の、陣地のすべてを阿久津が力尽くでもぎ取っていく。空を飛んでいた愛田が、慌てて地面に着地したのが見えた。空はすでに、阿久津の制圧下にあった。

阿久津が虚空に手をかざした。僕の血で真っ赤に染まっている手を、かざした。

再び刀を生み出した。

「水森が私の弱さを肯定してくれた。だから私は強くなれる」

阿久津が、覚醒した。

僕も虚空に手をかざした。ルービックキューブを一つだけ生み出して、それを握りしめた。これだけではあまりにも心許(こころもと)ないと思った。だから周囲にルービックキューブをいくつも生み出して、浮かせた。これが盾になってくれればいいと願った。

阿久津が刀を構える。

僕と阿久津の、殺し合いが始まる。

今から始まる。

風が吹いた。

山が鳴った。

阿久津が動いた。数歩でこちらの懐に踏み込んできた。宙に浮かしたルービックキューブの隙間を縫うように、それでいて強引に近づいてきた。僕は油断していた。油断していたつもりはなかった。想像以上の速さで、肉薄された。

阿久津が両手で刀を構えて、突きを放った。音がなかった。風が道をあけた。その道を、一筋の光がまっすぐに通り抜けた。

いつの間にか僕の喉元に切っ先があった。予測していたから、躱せた。躱せたと思う。転がるようにして、逃げた。なんとか阿久津から距離を取って、自分の首筋を触ってみた。血は流れていない。首が吹っ飛んだかと思った。

阿久津がゆっくりと振り向く。

刀からエネルギーが迸(ほとばし)っているかのようだ。

突きを放ったことに、なんらかの感慨があるのかもしれない。追撃されていたら、終わっていた。次はもう逃げられないだろう。もとより逃げる気はない。

　迎え撃つ。

　阿久津が再び、動いた。斬撃が舞う。さらに複数のルービックキューブを生み出して、太刀筋を阻害するように、宙に浮かした。それらのルービックキューブが阿久津の斬撃を止めた。僕の想いが、阿久津の能力に匹敵している。もちろんこれだけでは止められない。阿久津の体が翻る。隙間を見つけたんだろう、左手だけを伸ばして、僕の喉元を突いてきた。手に持っていたルービックキューブでギリギリ受け止めることができた。

　目が追いつかない。

　単純な運動能力では相手にならない。

　かといって、滝本くんみたいに何かの動きをトレースすることもできない。それでも僕は、阿久津とまっすぐ殺し合うことを選んだ。

　斬撃の威力が、さらに増した。

　盾になっていたルービックキューブが、斬られはじめた。

　阿久津が体を回転させた。小さな居場所から、肉体のしなやかさを存分に使って斬撃を放った。ルービックキューブを滑らかに斬られた。一つ、二つ三つ。斬るごとに、阿久津の斬撃の速度は増し、威力が倍増していくようだった。同時に阿久津の居場所も増えていく。もうこれは盾にならない。かといって、解除をすれば一瞬で殺される。それでも解除する。すべての力を、一つのルービックキューブに込める。

僕はまだ、すべてをさらけ出してはいなかった。

すべてをさらけ出して、否定されるのが怖かった。

でも阿久津になら大丈夫だ。

生み出したのは――ブロックの配置がメチャクチャな、決して揃うことのないルービックキューブだ。

これが僕の、本当の能力だった。今の僕は、これを使って戦える。自分を追い詰めることなく操れる。それだけで充分だった。

回転させる。

一度回転させたら、後は自動で回り続けた。

地面が揺れた。目の前に迫っていた阿久津が転んだ。すぐに立ち上がったけど、困惑した表情で僕を見た。そんな僕自身も、立っているのがやっとだった。

なるほど。これはある意味で自爆技だ。このルービックキューブを回転させている間は、僕と対戦相手の五感を乱すらしい。でも僕の方がまだ、この感覚に耐性があるんだと思う。立っていられるし、前に進める。

対する阿久津は、刀を手放さなかった。

よろよろと歩きながら、僕に向かってきた。

阿久津が突きを放つ。動きに生彩がない。ルービックキューブで受け止めることができた。阿久津は追撃を放とうとしたけど、さすがに足がよろけて、刀を落とした。

僕はルービックキューブを左手に持ち替えて、空いた右手で刀を拾った。ルービックキューブと刀という、変則的な二刀流がここに誕生した。

阿久津はすぐに新しい刀を生み出した。

僕には技術がない。阿久津はよろけている。

不格好な斬り合いだった。

僕の能力が展開されているという条件下で、やっと互角に斬り合うことができた。まっすぐぶつかると言っておいて、相手を弱体化させるような能力なのが、なんとも僕らしかった。自分まで弱体化させるところが、どうしようもなさに拍車をかけていた。自分の歪みを相手に押しつけているように感じた。とてもとても醜い能力だと思った。

それでも受け止めてほしかった。

阿久津の想いを受け止めるから、僕のことも理解してほしかった。

僕と阿久津は刀を振った。掠め、刺さり、抉れる。幾度も血が飛び散った。それでもお互いの五感が乱れているからだろう、致命傷を食らうことはなかった。体を斬られる度に、生きていると思えた。痛みは感じない。本当は痛みを感じた方がいいのかもしれない。僕たちは、この行為にそこまでの責任を負うべきなのかもしれない。でもそれじゃあ死んでしまう。

僕は死にたくない。

生きたい。

生きるために、ここに来ている。

お互いの体が傷ついていく。お互いの血が、地面に落ちて混じり合っていく。まっすぐに放たれる突きが、光の軌跡を残す。

回転するルービックキューブが、闇に響く音を鳴らす。

体を斬られ、その代わりに相手の体を斬る。攻撃が交差し、確実に、僕と阿久津の肉体が限界に近づいていく。

血を吐き出す。

目が霞んできた。でも視界はさらに広がった。

体は動く。動きはより鋭くなっていく。自分の体が、自分の物じゃないみたいだ。立っていながら、宙に浮いているくらい軽く感じる。指の先まで神経を把握しているようだった。まだだ。まだまだ動く。

そう思っていたのに。

阿久津が膝をついた。さらにそのままぺたんと、俗に言う女の子座りをした。肩で息をしていた。阿久津の目は、すでに焦点が合っていないようだった。両手をだらんと地面に投げ出していたけど、かろうじて右手は刀を握っていた。

「……もう、立てない。私の負け」

阿久津が呟き、照れるように笑った。

その言葉が——その態度が嘘だと一目でわかった。あるいは阿久津自身にも嘘をついているつもりはないのかもしれない。本気で自分の限界がここだと思っているのかもしれない。でも僕にはわかる。

阿久津とぶつかっている僕には、わかる。

「違う。まだ終わりじゃない」

「え？」

ここまでの殺し合いをして、それはないだろ。ここまできて自分を誤魔化すなんて、それはないだろ。まだまだ限界じゃないはずだ。

「全力を出しても大丈夫だ。全力を出して負けても、僕は肯定する。さっきからそう言っているだろうが！ 自分を偽るなよ！ 誤魔化すなよ！ 負けても、生きていていいんだ！ ここには阿久津の弱さを責める人間は一人もいない！ 勝ち負けじゃない！ そこは問題じゃない！ だから！」

「……」

「全力でぶつかってこいよ！ 全部全部、受け止めるから！」

叫んだ。

瞬間。

斬られた。と思う。

謎の力でぶっ飛ばされた。背中を強かにぶつける。公園を囲っているフェンスが、後ろにある。つまりはそこまで吹っ飛んだってことらしい。かろうじてルービックキューブと刀でガードできた。でもガードしたときの衝撃で、両方ともどこかに飛んでいってしまった。今の僕は何も持っていない。

公園の中央には阿久津が立っている。立ち上がっている。

血に塗れて張り付いた前髪の隙間から、宇宙のような瞳が覗いている。

その場で阿久津が刀を振った。一瞬で何回振ったのかもわからない軌跡が、目の奥に焼き付けられた。一拍遅れて、公園をぐるりと囲っているフェンスがバラバラになった。僕の後ろのフェンスも音を立てて崩れた。おいおい、嘘だろ。阿久津の間合いが、恐ろしいことになっている。

ふと、違和感を覚えた。

ゆっくりと自分の体に手をやる。

袈裟懸け（けさが）けに斬られていた。

それでも僕がまだ無事なのは、阿久津が手加減してくれたからだと理解できた。公園内にいる他の子どもたちには傷一つついていない。

笑うしかない。

全力を出してもいいとは言ったけど、まさかここまでとは。

じゃり、と土を踏む足音が聞こえた。そちらの方に目をやる。

佐藤が立っていた。彼女の手にはルービックキューブが握られていた。阿久津にぶっ飛ばされたときに落とした、配置のメチャクチャなルービックキューブだった。佐藤が、それを差し出してくる。左手で受け取った。

「ありがとう」

僕がお礼を言うと、佐藤は頷いてから、何も言わないで下がった。

違う人物が近づいてくる。

県さんだ。彼の手には刀が握られていた。阿久津にぶっ飛ばされたときに落とした刀だった。県さんがそれを僕に向けて——持ち手の方を差し出してくる。右手で受け取った。

「ありがとうございます」

僕がお礼を言うと、県さんは何かを言おうとして、でも何も言わないで下がった。

僕はルービックキューブと刀を強く握って、立ち上がった。

そして公園の中央まで歩く。一歩二歩と進む度に、血が点々としたたり落ちた。それでもなんとか歩く。あそこまで大言壮語を吐いておいて、一瞬で負けるわけにはいかない。そんなダサいことはできない。

僕の後ろで、佐藤と県さんが見ているはずだ。

阿久津は何もしないで待っていてくれた。阿久津に近づくにつれて、空気が鋭く刺してくるようだった。

再び、公園の中央で阿久津と対峙する。

公園を囲っている菱形のフェンスが、今はない。

「私を、殺してみせて」

無茶を言う。

でもこれを言うために待っていてくれたんだろう。

僕にはもう、何も残っていない。これ以上の隠し球はない。奥の手もない。だから、今持っている力を全部出すしかない。芸がないこと甚だしいが、これが僕という人間だ——なんて。まだまだ開き直りに近いけど、なんとか自分を肯定できる。

もう一度、配置のメチャクチャなルービックキューブを回転させた。

一度回したら、後は自動で回り続けた。

自分は、さっきの力で限界だと思っていた。そうじゃなかった。阿久津がいるから、僕は限界を超えることができる。

能力を発動した。

僕の能力が露草町の全域を覆った。覆ったところで意味はない。それでも覆った。この公園の中でだけしか能力を使えないはずなのに、僕の歪みは、フェンスのあった場所を越えた。たぶん阿久津が断ってくれたからだろう——そう思った。僕一人だったら、ここまでの力は出せなかった。さらに出力を上げた。

自律神経がスパークした。

僕のすべてを、今ここで試すことができる。ぶつけることができる。

その相手がいる。

こんなに幸せなことはない。

地面が揺れる。空間が歪む。五感が乱れる。公園内にいる子どもたちが次々と倒れていく。巻き込んでごめん。手加減をしている場合じゃないんだ。だって、ここまでやっても。

阿久津は立って、僕を見据えているんだから。

「凄い能力だね。立っているのがやっとだよ」

「阿久津の方が凄いよ」

謙遜じゃなくて、そう思う。そして、だからこそ僕は阿久津に勝ちたい。まだだ。まだ僕は強くなれる。出力を上げる。上げ続ける。

右手に持っている刀を構えた。阿久津も刀を構える。

同時に動く。

まっすぐに走ることしかできない。

それ以外の行動をとれる余裕は、お互いにない。

突きを放つ。

僕の刀が、阿久津の心臓を。
阿久津の刀が、僕の心臓を。
貫いた。
僕の左手からルービックキューブが落ちた。町中を覆っていた歪みが消えていく。
それと同時に、阿久津が膝をついた。僕の膝も折れる。胸の奥から血を吐きだした。
ここまでやってようやく、体の中のすべてが流れ出ていった。
お互いの刀が刺さったまま、寄り添い合う。
「僕の、負けだ」「私の、負け」
同時に言った。
思考が白く塗りつぶされ。
意識が闇に消えていく。

VI

「僕が初めて夜の公園に来たとき、影野さんはなかなか姿を現しませんでしたよね。その理由を考えてみました」

僕と阿久津は相打ちだった。引き分けだった。本当に、一秒の狂いもなく同時に死んだと、影野さんが説明してくれた。この場を劇的に盛り上げるための嘘かもしれないけれど、どうでも良かった。

そんな影野さんに、僕は自分の考えをぶつける。

「影野さんは、この公園に初めて来た人に、説明する役割を担っているんですよね」

「ええ、そうです」

「でも僕の前には、なかなか姿を現しませんでした。だから村瀬さんが僕への説明役を担ってくれました。そして『なぜ姿を現さなかったのか』という村瀬さんの問いに、影野さんは答えることができなかった」

「……つまり？」

「僕と村瀬さんを、引き合わせるのが目的だったんじゃないですか？」

僕にも、そして村瀬さんにも、お互いの言葉が必要だった、と思う。でも影野さんが現れていたら、僕は村瀬さんと会話をすることはなかっただろう。まあ、村瀬さんは僕と話さなくても、そのうち何かを摑んだだろうけど。

影野さんは何も答えなかった。代わりに、僕のすぐ横で寝ている阿久津に視線を向けた。そういう顔の向きだった。

僕も阿久津も肉体はすぐに復活したけれど、阿久津はなかなか目を覚まさなかった。当然だろう、それだけ自分の心に負荷をかけたのだから。

僕と阿久津の殺し合いを見ていた周囲のギャラリーは、ずっと熱気に包まれていた。誰もが隣にいる人と喋りたがった。

僕と阿久津の殺し合いが、見ている人の心に前向きな何かを残せたのなら、これほど嬉しいことはなかった。

「水森陽向くん。君は……どこまで理解しましたか？」

影野さんが、確認するように訊いてきた。

僕は、これまでのことを思い返した。

すぐ近くで騒いでいた愛田を摑まえる。

「なあ、愛田。僕を夜空に飛ばすことはできるか？」

「ああ？　そりゃできるよ」

なんでそんなことを、と渋る愛田に無理を言って、能力を使ってもらった。空高く飛び上がった。阿久津に斬られて、一時的になくなっているフェンスの高さを越え、山の高さも超える。点々と光って見えるのは、街路灯と自販機の明かりだろう。もちろん民家に明かりは点いていない。僕の隣には、愛田も飛んでいる。影野さんも飛んでいた。

眼下の闇と、夜空が溶け合い、その境が失われていく。

頭上で輝く星々は、近づくほどに遠ざかっていくみたいだった。

――そして。

ずっと先にある隣村の、とある場所が光った。というよりも爆発した。

さらに、そことは別方向にある隣の市でも、爆炎が舞い上がった。

もっともっと遠くにあるどこかの場所から、夜空に向かって光の剣が伸びていくのが見えた。

「愛田は、いつから夜の公園に通っているんだ？」

今、このタイミングで訊く。

「小学校六年生からかな。結構年期いってるだろ」

愛田は高校一年生の時に、この町にやってきた。

「この町以外にも夜の公園ってあるのか？」

「今更、何言ってんだ？　日本全国、どこにでもあるよ」

「そっか」

やっぱり、そうだったのか。

「知らなかったのか？」

「うん。知らなかった。この町にしかないと思っていた。思い込んでいた」

「この町にしかないって、そんなわけねえだろ。いや？　待てよ。あれか。俺がレアケースなのか」

夜の公園に通っている子どもたちは、スマホにあまり触らない。SNSもやらない。ここでの秘密を、知らない人に喋らない。だから基本的に、情報はその町だけで完結する。愛田のように転校でもしない限り、他の市町村にも夜の公園のような場があることはわからない。

「夜の公園のことで、他の奴と議論したりしないもんな。だから、みんな知ってるもんだと勝手に思ってたけど……そっか。そうだよな。俺が知ってることでも、他の奴は知らない。そういうことも、あるんだな」

「旅行で他の土地に行った場合は、どうなんですか？」

影野さんに訊いてみる。

「そのときどき、としか言いようがありませんね。呼ばれる場合もありますし、呼ばれない場合もあります」

「簡単に教えてくれますね」

「秘密にしているわけではありませんから」

でも進んで教えてくれるわけでもない。

そこを知ろうが知らなかろうが、本質に関係ないから、なのかもしれない。

なんともまあ、影野さんらしい韜晦(とうかい)だ。

以前、僕が愛田と殺し合ったとき、今この状態と同じように空高く浮かされた。そして隣村が光っているのを見た。あれはたぶん、隣村の公園で、誰かが能力を使った瞬間だったんだろう。

他にも愛田は、阿久津に対して「まさかこの場で阿久津に勝てる奴がいるとは思わなかったぜ」みたいなことを言っていた。あの発言も、後から考えれば違和感があった。

「じゃあ、あれか。どの場にも、影野さんのようなジャッジがいるってことも知らないんだよな」

愛田が言う。

「もちろん知らないよ」

「影野さんのような……っていうか、俺にはどの場にいるジャッジも、みんな同じ影野さんに見えるよ。名前も影野さんだし」

「ジャッジはみんな『私』ですからね」

影野さんが答えた。

日本全国、どの場にいるジャッジもみんな同じ影野さん、か。

「あなたは……その。誰か、特定の個人が正体、というわけではないんですね？」

「その通りです」

影野さんを見つめる。相変わらず顔を認識することができない。吸い込まれそうなほど深い闇を覗き込んでいる気分になる。でも、怖いと思ったことはない。光と闇は対立していない。どうして人は、暗いものを悪いものだと思うんだろう。昼があれば夜があるのは当然のことなのに。

高度が下がり、露草町の公園に着地する。

「もういいか?」

「うん。ありがとう」

お礼を言う。愛田は軽く手を上げて、屋台の方に歩いていった。

もう一度影野さんを見据える。

この町だけが特別じゃない。

苦しいのは僕だけじゃない。

考えてみれば、当たり前のことだった。

時流に乗ることのできない子ども、世界に馴染めない子どもたちは、日本全国に存在している。そういう子どもたちが、それぞれの街にある場に集まって、互いに殺し合っている。

僕は奇妙な連帯感を覚えた。

でも、だから頑張れる、耐えられる——という考え方では駄目だ。

夜の公園なんて、行かないに越したことはない。

夢のような空間であったとしても、殺し合いなんてしないに越したことはない。

深呼吸した。

夏の空気を肺いっぱいに吸い込んだ。七月でも夜の空気は冷たくて、頭の中がシャキッとする。

公園内を見回した。

僕は、僕の考えていることを影野さんにぶつける。

「ここは、自分のことを知るための場所です。自分を救うための場所です。でも、それだけじゃない。ここに通っている子どもたちは、人とのぶつかり方がわからない」

ここまでは、最初にこの公園に来たときに、村瀬さんから聞いていた。

ここから先は、僕の言葉で語らなければならない。

「良きにつけ悪しきにつけ、ぶつかる対象のある人は、ここには来ないんだろうって思います。追い詰められていても、悩んでいても、苦しくても、それをぶつけることのできる何かがある人は、この公園には呼ばれない」

「……………」

「みんな、なんとなく納得していますけど、僕は言葉にしたかった。でもこの先を言葉にしたら、きっと陳腐な答えになってしまいます。それでも訊いてくれますか？」

「もちろん訊きますよ」

そう答えてくれるとわかっていても、僕には前置きが必要だった。

これで安心して、話せる。

「夜の公園を生み出した個人なんていないんです。管理している人なんていないんです。そういう人がいたら、僕たちはそもそもここには来ない。ここは、僕たちみんなで創りあげていたんです」

だから悪いものじゃないって確信できる。

「僕たちの――こういった場を必要としている子どもたちの想いが集まって、必然的にこういう場は生まれたんだと思います。僕たちは、自分で自分を救う方法を知っているんです」

「……」

「でもそれは、同時に他人を救うことでもあるんだと、思います。自分を掘り下げれば他人に行き当たる。他人を掘り下げれば自分に行き当たる。だから僕たちはみんなで集まって、こういう場を生み出す必要があったんだと思います」

自分の心と、他人という存在は、同じ空間かもしれない。

僕は阿久津と殺し合って、そう思った。

「それならば、私の正体はなんだと思いますか？」

影野さんが問うてくる。こういった場に一人はいる、ここにいることを許された唯一の大人。でも顔はない。そして、特定の個人というわけではない。

「子どもたちが生み出しているんじゃないですか？」

　スーツやネクタイ、ハット、腕時計や革靴といった、影野さんが纏う、あからさまな大人的記号から、子どもたちが生み出したのだと読んでいた。

「違うよ。影野さんを生み出しているのは、子どもじゃないよ」

　影野さんの声ではない、別の方向から否定された。

　青いパジャマの小学四年生——滝本蒼衣くんが立っていた。

「これはこれは。思わぬ伏兵ですねえ」

　影野さんが嬉しそうに言う。

　滝本くんは、僕と影野さんを交互に見比べてから、おずおずと口を開いた。

「影野さんは、言っちゃいけない言葉なんだよ」

「えっと、どういう意味かな？」

　訊いてみる。滝本くんは、僕の目をじいっと見つめた。滝本くんの瞳は澄んでいた。僕の心の奥底をすべて暴き出してしまいそうな瞳だった。

　少しして、

「大人ってさ。子どもに、いつまでも純粋でいてほしいって思ってるよね」

滝本くんは言った。

「う、うん」

「でも、それは無理だよね。それが無理なことを、大人だってわかってるはずなんだ。悪いことに免疫がなかったら、すぐに死んじゃうよ。たとえばさ。一年に一回、小学校で警察が、『誘拐されないための注意話』をしてくれるんだ。でもぼくは無意味だと思う」

「む、無意味？」

「ぼくが悪い大人だったら、そういう話の次の日を狙う。だって、次の日に警察官のコスプレをして子どもを誘えば、たぶん誘拐できるよ。警察だけは安全だって無意識にインプットされたばかりでしょ？」

「……なるほど」

「でもこういうことを言うと、先生は怒るんだ。ぼくは誘拐したくて言ってるんじゃない。むしろ誘拐されないために言っているんだ。悪い相手と戦うには、こっちだって悪いことを考えなきゃいけない。そうじゃないと簡単にやられちゃうのに。そういうことを考えてはいけません、って怒られるんだ」

悪い奴の発想がわからなければ、悪い奴とは渡り合えない。その通りだと思った。

「だけどね。先生がそう言うしかないってこともわかってるんだ」

話がさらに転がった。

「今は不用意なことを言えない時代なんでしょ？　だから先生は立場上、ぼくを叱らなきゃいけなかったんだと思う」

本当に小学四年生なのか？

「影野さんはね、そういう大人の、言いたいけれど言っちゃいけない言葉が集まって、できてるんだよ」

「……どうして、そう思ったんだ？」

「見ていれば、わかるよ。なんとなく」

なんとなく、か。

スーツやネクタイ、ハット、革靴に腕時計といった、記号的な要素。でも顔はない。子どもが生み出したわけでもない。確かにジャッジという視点は、子どもが生み出す存在にしては無理がある。もう一段高いところにいる人でなければ務まらない。言われてみれば、そうとしか思えない。

「影野さん。滝本くんの言っていることは、当たっていますか？」

「当たっていると言っていいでしょう」

影野さんは認めた。

「そんな簡単に認めていいんですか？」

「嘘をつく理由も、隠す理由もありませんから」

「ほら。ぼくの言ったとおりでしょ」

滝本くんが胸を張った。

僕は影野さんに、質問をぶつける。

「でもどうして滝本くんは、影野さんの正体がわかったんでしょうか」

「それは滝本蒼衣くんが、ここに通う子どもたちの中で最年少であることと無関係ではありません。最も勘が冴えている、ということです」

年を重ねることで失ってしまう何かがある。

僕の年齢ですらもう、滝本くんが持っている勘――とでも呼ぶべき何かを失っているらしい。思い出すことすらできない。

「滝本くんが成長したら、こういった勘も失われてしまうんでしょうか」

「そうかもしれませんね」

「別になくしたっていいじゃん。その代わりに、新しいものを手に入れるんだから」

当の滝本くんはそう言って、僕たちから離れていった。

その通りだと思ったし、意味を多分に含んでいる言葉だとも、思った。

「僕一人だったら、なにもわからなかった……」

呟く。

他の町のことを知っている愛田がいてくれた。滝本くんが、影野さんの正体を教えてくれた。それだけじゃない。村瀬さんとの会話も、県さんの行動も、全部意味があった。佐藤との殺し合いで大事なことに気がつけた。

阿久津と極限まで殺し合った。

影野さんだって、僕にたくさんのヒントをくれた。

「水森陽向くん。たまに君のような子どもが現れるんですよ」

「僕のような子ども？」

「はい。十年前にもいました。この町ではありませんでしたが」

影野さんは、他の町のことも知っているらしい。さっき、どの場にいるジャッジも
『私』だと言っていた。

「君がどんな大人になるのか、私は楽しみです」

影野さんは、何かを考え込むように下を向いた。それから、

「君が大きくなっても、私の言葉を忘れないでくださいね」

静かに呟いた。

初めて、影野さんの言葉に色がついたように感じた。

僕がこの先、夜の公園を卒業してしまえば、影野さんのことも忘れてしまう。影野さんは多くの子どもたちを見守ってきただろう。自分を置いて、ここを巣立っていく子どもたちを見てきただろう。

「影野さんは……辛くないですか？」

「辛くはないですよ。そういう存在ですから」

やっぱり影野さんの言葉は、それが本心なのかそうでないのか判別がつかなかった。

でも影野さんは思うところがあったのか、それ以上何も言わないで消えてしまった。

僕はこれから先、どういう人間になるんだろう。

相変わらず未来が怖い。

怖いけど、以前よりは前向きに考えられるようになったと思う。

隣で寝ている阿久津に視線を向けた。その横顔を眺める。周囲では、未だ興奮冷めやらぬ子どもたちが語り合っている。

僕はルービックキューブを生み出した。普通の、きちんと揃うルービックキューブだ。回してみる。カチャカチャカチャッと音がする。綺麗だと思った。音も形も色も、これ以上ないほど完璧な造形をしていると思った。でもこれを崩すことで見えてくるものも、あった。僕だけに意味を持つ形があった。

音に反応したのか、阿久津が目を覚ました。

「……あ。おはよう」

目覚めた阿久津は、とんちんかんな挨拶をした。

いや、とんちんかんではないのかもしれない。阿久津は今、目覚めたのだ。

「おはよう。阿久津」

「やっぱり水森は凄いよ」

「阿久津もね」

二人で笑い合う。

阿久津は「どっちが勝ったの？」とは訊かなかった。

今になってやっと、緑色の菱形フェンスが復活した。フェンスの周りには民家がある。民家の周りには山がある。山の周りに何があるのか、僕にはまだわからない。

「私はきっと、水森と殺し合うために、夜の公園に呼ばれたんだと思う」

阿久津が微笑(ほほえ)んだ。

夜の公園に通う前――僕と阿久津の間に、昼間の世界で接点はなかった。

どうして夜の公園のような場が存在するのか。

僕にとっての意味とはなんなのか。

言葉にするならきっと。

――阿久津と殺し合うために、存在している。

お互いにそう答えてしまうのは、詩的すぎるような気がする。というか単純に恥ずかしい。だから僕は代わりに、

「ありがとう」

と答える。

朝日が昇り始める。螺旋階段が崩れる。夜の公園も消えようとしている。

「……私、もう一度、お父さんお母さんと話し合ってみる」

東の山の稜線から、鋭い光の筋が、何本も空に伸びていく。

西の空が淡く、白く、青く色づいていく。

朝が始まる。

「もしも阿久津の想いが伝わらなかったら、そのときは僕と殺し合えばいいよ。だから、まっすぐぶつかってくればいい」

「凄い殺し文句だ」

「ダジャレ？」

「意図してない。です。うわああ。恥ずかしい」

阿久津が両手で顔を覆った。僕は笑った。

阿久津が家族とわかりあえるかは、僕の関与するところじゃない。そこは自分の手でなんとかしなければならない。でも、駄目でもいい。なんとかならなくてもいい。失敗してもいい。逃げてもいい。甘えてもいい。愚痴を言ってもいい。八つ当たりをしてもいい。この世界には、阿久津の想いを受け止めてくれる場所がある。

そう信じることができる。

たぶん、一人ぼっちになったときに、初めて誰かと関われる。そんな気がする。

僕はまだ、卒業できるほどの確信を抱いてはいない。

でも大丈夫だ。

阿久津と殺し合ったから、これから先も生きていける。

日が昇り、影野は眠りにつく。

同時に、自身の記憶も思い返していた。

★

「もうすぐ、ここでの殺し合いも終わりか」

星空を見ながら、ある男子高校生が呟いた。

「そうですね」

と影野も答える。

場所は露草町ではない、とある田舎村の。

夜の校舎の屋上だ。

「いろいろあったような、なかったような」

男子が言いながら、ポケットに手をツッコんだ。彼の背後には、生徒が転落するのを防ぐための、緑色の菱形フェンスがある。フェンスは屋上の縁沿いを、ぐるりと囲っている。昼間の現実で、屋上に上がることはできない。

その日はたまたま、影野とその男子しかいなかった。

あとがき

この小説が出版されるとき、世界がどの程度正常に動いているかはわかりません。あとがきを書いている今現在も、世界は僕の思ってもみない方向へとどんどん変わっています。たとえば現実においては「公園に人がいない」「子どもたちが何かに閉じ込められている」ということの意味合いが、すでにこの小説とは違います。こんな世界で自分を信じてみても、明日には、その自分とやらが通用しなくなっているかもしれません。自分を信じるってなんでしょう。その答えを探るために、この小説を書きました。そして『デスゲーム』という単語の持つ普遍性、懐の深さならば、僕の伝えたいことを託せると信じました。

それでも作中で書ききれなかったことがたくさんあります。たとえば主人公とヒロインは家族に立ち向かうことを選びましたが、何かの問題にぶつかったとき、立ち向かうことが唯一絶対の正解ではありません。

現実世界が複雑なぶん、対処する方法も数多あると考えていいと思います。時には逃げることが正解の場合もあるでしょうし、もっと違った選択肢が正解の場合もあるでしょう。自分一人で抱え込まずに、知人や公的機関を頼ることが正解の場合もあるでしょう。

　そもそも人間関係に正解という言葉を当てはめるのが不適当なのかもしれません。正解か不正解かに分けてしまうと、〇か百かになってしまいますし。〇と百の両方が答えだったり、その間にある一から九十九のグラデーションが答えだったり、そういった曖昧さや矛盾を内包して生きることが重要なのかなと思います。自分の中にある本当に大事な何か一つだけを抱えることができたなら、後は全部変わってしまってもいいや、と思うくらいでないと、この複雑な世界を生きていくのは難しいです。

　最後に謝辞です。表紙を描いてくださったＬＯＷＲＩＳＥさま、推薦文を書いてくださった松村涼哉さま、佐野徹夜さま、体の弱い自分に小説を読む楽しさと、書く楽しさを教えてくれた電撃小説大賞、僕を拾い上げてくださった担当編集者さま、この本の出版に関わってくださったみなさまと、手にとってくださった読者さまに厚く御礼申し上げます。

　僕が考えている以上に、これから子どもたちの悩みは複雑化していくように思います。この小説が、そういった子どもたちの一助となれば幸いです。

持田冥介

参考文献

『子どもの宇宙』河合隼雄（岩波書店）
『子どもと悪』河合隼雄著、河合俊雄編（岩波書店）
『三びきのやぎのがらがらどん』マーシャ・ブラウン絵、せたていじ訳（福音館書店）

<初出>

本書は第26回電撃小説大賞応募作を加筆・修正したものです。

この物語はフィクションです。実在の人物・団体等とは一切関係ありません。

メディアワークス文庫

僕たちにデスゲームが必要な理由

持田冥介

2020年7月22日　初版発行
2021年1月15日　3版発行

発行者　青柳昌行
発行　株式会社KADOKAWA
〒102-8177　東京都千代田区富士見2-13-3
0570-002-301（ナビダイヤル）
装丁者　渡辺宏一（有限会社ニイナナニイゴオ）
印刷　株式会社暁印刷
製本　株式会社ビルディング・ブックセンター

●お問い合わせ
https://www.kadokawa.co.jp/（「お問い合わせ」へお進みください）
※内容によっては、お答えできない場合があります。
※サポートは日本国内のみとさせていただきます。
※Japanese text only

※定価はカバーに表示してあります。

Printed in Japan
ISBN978-4-04-913226-7 C0193

メディアワークス文庫　https://mwbunko.com/

本書に対するご意見、ご感想をお寄せください。

あて先
〒102-8177　東京都千代田区富士見2-13-3
メディアワークス文庫編集部
「持田冥介先生」係

アオハル・ポイント

佐野徹夜

衝撃デビューから熱狂を集める著者の、待望の最新作！

人には「ポイント」がある。ルックス、学力、コミュ力。あらゆる要素から決まる価値、点数に、誰もが左右されて生きている。人の頭上に浮かぶ数字。そんなポイントが、俺にはなぜか見え続けていた。

例えば、クラスで浮いてる春日唯のポイントは42。かなり低い。空気が読めず、友達もいない。そんな春日のポイントを上げるために、俺は彼女と関わることになり――。

上昇していく春日のポイントと、何も変わらないはずだった俺。これはそんな俺たちの、人生の〈分岐点〉の物語だ。

「どこまでもリアル。登場人物三人をめぐるこの話は、同時に僕たちの物語でもある」イラストを手掛けたloundrawも推薦。憂鬱な世界の片隅、希望と絶望の〈分岐点〉で生きる、等身大の高校生たちを描いた感動の第３作。

メディアワークス文庫

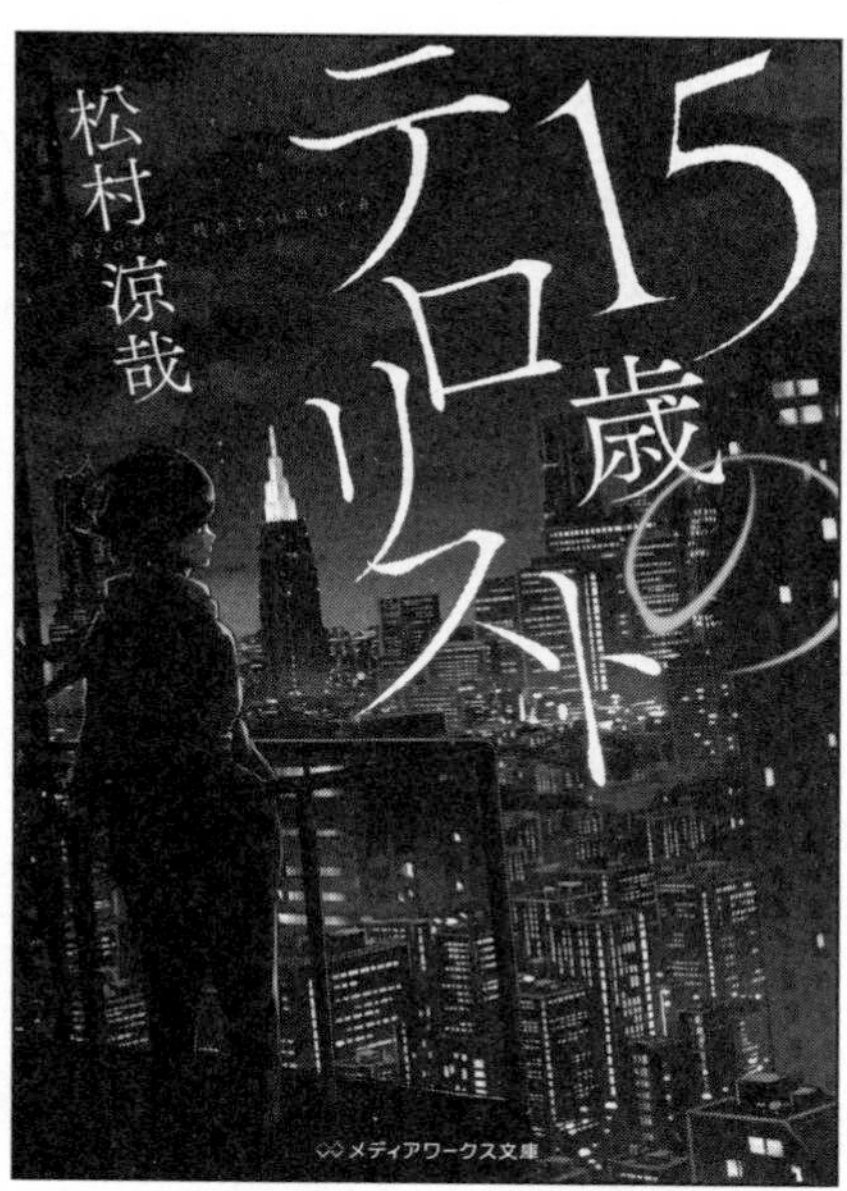

15歳のテロリスト

松村涼哉

「物凄い小説」── 佐野徹夜も絶賛！ 衝撃の慟哭ミステリー。


「すべて、吹き飛んでしまえ」

突然の犯行予告のあとに起きた新宿駅爆破事件。容疑者は渡辺篤人。たった15歳の少年の犯行は、世間を震撼させた。

少年犯罪を追う記者・安藤は、渡辺篤人を知っていた。かつて、少年犯罪被害者の会で出会った、孤独な少年。何が、彼を凶行に駆り立てたのか──？ 進展しない捜査を傍目に、安藤は、行方を晦ませた少年の足取りを追う。

事件の裏に隠された驚愕の事実に安藤が辿り着いたとき、15歳のテロリストの最後の闘いが始まろうとしていた──。

Nobody knows
the children
in this world
僕が僕をやめる日
松村涼哉
Ryoya Matsumura
メディアワークス文庫

僕が僕をやめる日

松村涼哉

『１５歳のテロリスト』著者が贈る、衝撃の慟哭ミステリ第2弾！

「死ぬくらいなら、僕にならない？」——生きることに絶望した立井潤貴は、自殺寸前で彼に救われ、それ以来〈高木健介〉として生きるように。それは誰も知らない、二人だけの秘密だった。２年後、ある殺人事件が起きるまでは……。

高木として殺人容疑をかけられ窮地に追い込まれた立井は、失踪した高木の行方と真相を追う。自分に名前をくれた人は、殺人鬼かもしれない——。葛藤のなか立井はやがて、封印された悲劇、少年時代の壮絶な過去、そして現在の高木の驚愕の計画に辿り着く。

かつてない衝撃と感動が迫りくる——緊急大重版中『１５歳のテロリスト』に続く、衝撃の慟哭ミステリー最新作！